Jack Robbins ist Entertainer, Ronnie Dean ist Zauberer. Gemeinsam steigen die Freunde Anfang der Fünfzigerjahre in Brighton ins Showgeschäft ein. Als Evie White zu ihnen stößt, kommt der große Erfolg. Aber dann beginnt Evie – erst nur Ronnies Assistentin, dann seine Verlobte – eine Affäre mit Jack. Wenig später verschwindet Ronnie während eines Auftritts und bleibt verschwunden. Als könnte er wirklich zaubern.
Hypnotisch und verführerisch elegant erzählt der große englische Romancier Graham Swift von den magischen Momenten im Leben, die sich selten im Rampenlicht abspielen. Von Liebe und Freundschaft. Von Schein und Schönheit einer Welt voller Wunder.

Graham Swift wurde 1949 in London geboren, wo er auch heute lebt. Nach dem Studium in Cambridge arbeitete er zunächst als Lehrer. Seit seinem Roman ›Wasserland‹, der mit Jeremy Irons verfilmt wurde, zählt er zu den Stars der britischen Gegenwartsliteratur. ›Letzte Runde‹ wurde 1996 mit dem Man Booker Prize ausgezeichnet. Der Roman ›Ein Festtag‹ wurde auf Anhieb ein internationaler Bestseller. In Kürze erscheint auch hier die Verfilmung.

Susanne Höbel wurde 1953 geboren und lebt in Südengland. Sie wurde vielfach ausgezeichnet. Neben Graham Swift gehören zu den von ihr übersetzten Autoren auch Nadine Gordimer, John Updike, Nicholson Baker und William Faulkner.

GRAHAM SWIFT

DA
SIND
WIR

ROMAN

Aus dem Englischen
von Susanne Höbel

dtv

Von Graham Swift ist bei dtv außerdem lieferbar:
Das helle Licht des Tages
Schwimmen lernen
Wasserland
Im Labyrinth der Nacht
Letzte Runde
England und andere Stories
Ein Festtag
Wärst du noch hier
Einen Elefanten basteln

Hintergrundmaterial für Ihren Lesekreis finden Sie unter
www.dtv-lesekreise.de

2021 dtv Verlagsgesellschaft mbH & Co. KG, München
© der deutschsprachigen Ausgabe:
2020 dtv Verlagsgesellschaft mbH & Co. KG, München
Die englische Originalausgabe erschien 2020 unter dem Titel ›Here we are‹
bei Simon and Schuster, London.
© Graham Swift 2020
Umschlaggestaltung: dtv nach einer Vorlage des S&S Art Department
Umschlagbild: John James Audubone, Birds of America 1827–1838,
Carolina Parrot
Satz: Uhl + Massopust, Aalen
Druck und Bindung: Druckerei C.H.Beck, Nördlingen
Printed in Germany · ISBN 978-3-423-14802-3

Für Candice

It's life's illusions I recall.

Joni Mitchell

Jack stand in der Seitenkulisse. Er wusste, wie man das Erscheinen auf der Bühne hinauszögert, um genau die richtige Anzahl von Sekunden. Er war ruhig. Er war achtundzwanzig Jahre alt und hatte reichlich Bühnenerfahrung, zwölf Jahre auf den Brettern, die anderthalb Jahre beim Militär nicht mitgezählt. Zeitgefühl lag einem im Blut; dachte man drüber nach, war man verloren.

Er betastete seine Fliege, legte die Hand vor den Mund und räusperte sich höflich, so als würde er gleich ein Zimmer betreten, nichts weiter. Er strich sich die Haare zurück. Nachdem die Beleuchtung im Zuschauerraum heruntergefahren worden war, konnte er das anschwellende Gemurmel hören, ein Brodeln, als würde auf dem Herd gleich etwas zu kochen anfangen.

Es passierte nicht oft, aber jetzt doch. Das plötzliche flaue Gefühl im Magen, Panik, Schwindel, Abscheu. Er hatte das hier nicht nötig, er brauchte sich nicht in einen anderen zu verwandeln. Es warf die lähmende Frage auf, wer er überhaupt war, und es gab diese einfache Antwort: niemand. Er war ein Niemand.

Und wo? Nirgendwo. Er stand auf einer fragwürdigen Konstruktion über wogendem Wasser. Normalerweise dachte er darüber nicht nach. Möglicherweise hatten sich seine Beine in nutzlose rostige Eisenträger verwandelt, tief im Sand verankert.

Hauptsache, keiner sah ihn so, niemand sollte bemerken, dass er darunter litt.

Das passierte auch nicht. In fünfzig Jahren nicht.

Zum vierten oder fünften Mal prüfte er seinen Hosenschlitz, diesmal war es lediglich ein Befühlen der Luft darüber.

Er brauchte jemanden, der ihm einen Stoß gab, einen ordentlichen Stups in den Rücken. Das konnte einzig und allein seine Mutter. Auch das würde nie jemand erfahren. Jeden Abend, bei jeder Vorführung ihr ungesehener Stups. Er nahm kaum Notiz davon, noch weniger fiel es ihm ein, ihr dafür zu danken.

Wo seine Mutter heute Abend wohl war? Soweit er wusste, war sie mit einem Mann namens Carter zusammen, ihrem zweiten Ehemann, wie sie ihn nannte, Besitzer einer Autoreparaturwerkstatt in Croydon. Hauptsache, sie war glücklich. Trotzdem hatte sie ihm in all den Jahren diesen unsichtbaren Stoß in den Rücken gegeben. Manchmal stellte er sie sich sogar, auch dann unsichtbar, auf einem Platz im Zuschauersaal vor, mit aufmerksamem, wohlwollendem Blick.

Das ist mein Jack, mein talentierter Sohn.

Besitzer einer Autoreparaturwerkstatt, Carter hieß er. Was soll ich sagen, Leute, ich bitte euch. In Croydon gab es ein Theater, The Grand. Dort war er aufgetreten, ein Märchen, er hatte Buttons gespielt, den Diener in *Cinderella*. War sie heimlich im Publikum gewesen, zusammen mit Mr Carter, der nach Automotoren roch, und dachte: Cinderella, ich fass es nicht? Das ist mein Junge, mein Jack.

Jetzt war der Junge achtundzwanzig Jahre alt, hatte reichlich Bühnenerfahrung, und sein schwarz-weißes Kostüm, die übliche, inzwischen jedoch überholte Verkleidung von Schaustellern, Schauspielern, Aufschneidern, trug er wie eine zweite Haut. Heutzutage traten sie in Jeans und Lederjacke auf und zupften auf der Gitarre. Nun, das kam für ihn zu spät. Für ihn waren es Spazierstock, Kreissäge, Steppschuhe. »Und hier, verehrtes Publikum – haltet euch zurück, Mädels – die Rockabye Boys!« Als wäre er, verdammt, ihr Onkel. Aber er hatte (das wusste er) das Aussehen und das Lächeln, dazu die Haarlocke – er strich sie sich abermals zurück –, die ihm zur Verzückung aller (auf der Bühne wie im Leben, nebenbei bemerkt) in die Stirn fallen würde.

Vorausgesetzt, er schaffte es auf die Bühne.

Ihr »erster Mann«, tja, der war wirklich ein Niemand gewesen und nirgendwo zu finden: sein Vater. Dazwischen – und das Dazwischen hatte lange gedauert – war sie selbst auf die Bühne gegangen, ins harte, unbarmherzige Showgeschäft. Dachte man drüber nach, war man verloren. Und wer war für sie da gewesen, hatte ihr einen Stups gegeben?

Dies hier darf keiner sehen, keiner wissen. Er hörte das anschwellende Gemurmel, das ihn gleich fortschwemmen würde. Er brauchte Luft, Luft. »Nicht weinen, kleines Aschenputtel.« Jetzt hatte er nur sich selbst, musste sich selbst den Stups geben, aber wie sollte er das anstellen? Überschreite die Linie, tritt über den Rand.

In dieser Saison (seiner zweiten hier) war Jack der Conférencier, Ronnie und Evie hatten ihren Auftritt gleich nach der Pause. Jack war es zu verdanken, dass sie überhaupt eine Nummer in der Show hatten, und an erster Stelle gleich nach der Pause dran zu sein war beachtlich. Als im August plötzlich nichts mehr war wie zuvor und alles auseinanderbrach, wurde ihre Nummer, von Jacks Abschlussauftritt abgesehen, ans Ende der Show verlegt.

Auch auf den Plakaten waren sie damals ganz nach oben gerückt. Die Leute kamen speziell, um Ronnie und Evie zu sehen. Auf die Plakate wurden Zettel geklebt mit Sätzen wie: »Das müssen Sie mit eigenen Augen sehen!« Darauf Jack: »Mit wessen denn sonst?«, aber in letzter Zeit machte er nicht mehr so viele witzige Bemerkungen. Auf der Bühne schon. Kennen Sie schon den von dem Besitzer einer Autoreparaturwerkstatt und seiner Frau? »The show must go on!«

»Ihr seid im sonnigen Brighton, liebe Leute, jetzt zeigt eure sonnigen Seiten!«

Die Saison lief weiter, bis Anfang September, und das Publikum sah nur das Wunderwerk, das, worüber alle sprachen. Dann war die Saison vorbei, und das, worüber alle sprachen, war weiter nichts als das, es existierte nur in der Erinnerung derjenigen, die es gesehen hatten, mit eigenen Augen, in den wenigen Wochen des Sommers. Nach und nach würden diese Erinnerungen verblassen. Vielleicht würden die Menschen sich fragen, ob sie es wirklich gesehen hatten.

Auch anderes war vorbei. Ronnie und Evie, die aus dem Nichts gekommen waren und nach ihrer außergewöhnlichen Premiere als Sommerberühmtheiten gefeiert wurden, hatten sich eindeutig künftige Shows gesichert und sahen einer großen Karriere entgegen, aber sie traten nie wieder auf einer Bühne auf. Und Ronnie trat überhaupt nicht mehr in Erscheinung.

Eddie Costello, Reporter für Kultur und Unterhaltung bei der Lokalzeitung, hatte noch im Monat zuvor geschrieben, das Paar – und die beiden waren ein echtes Paar – habe Brighton »im Sturm erobert«. Damals mochte das etwas übertrieben gewesen sein, aber inzwischen war es nur die halbe Geschichte, und sie gehörte auch nicht mehr in die Rubrik Kultur und Unterhaltung.

Dann kam der Zeitpunkt, da Evie ihren Verlobungsring abzog. Auch das ein Fall von »the show must go on«. Als die witzigen Bemerkungen noch frei flossen, hatte Jack gealbert, ihnen sei für die Sommersaison ein Programmplatz versprochen worden, sie mussten sich nicht gleich gegenseitig das Versprechen fürs Leben geben. Doch genau das hatten sie getan. Der Verlobungsring mit seinem funkelnden Stein war die sichtbare – winzige, aber sichtbare – Ergänzung zu Evies silbern schillerndem Kostüm. Wie hätte es ausgesehen, wenn sie den Ring vor Ende der Saison abgenommen hätte? Und so wie jeder Ring dieser Art war er eine Garantie. Wenn alles gut ausging – und das stand zu hoffen, oder? –, dann würden sie im September, wenn die Saison vorbei war, heiraten und irgendwo, möglichst nicht in Brighton, ihre Flitterwochen verbringen.

Vielleicht hatte Evie auch gehofft, wenn sie den Ring weiterhin trug, würde sich alles einrenken und wieder so werden wie früher. Alles könnte gut werden. Sie hatte Ronnie den Ring nicht zurückgegeben. Ronnie hatte sie auch nicht darum gebeten. Er hatte gar nichts gesagt. Soll der Ring entscheiden.

Eines Tages dann in diesem September, die Saison war zu Ende und die Polizei hatte gesagt, Evie könne Brighton verlassen, tat sie das, was nur natürlich war: Sie ging ans Ende des Piers, zog den Ring ab und warf ihn ins Meer. Das hatte sie Jack nie erzählt. Damals hatte sie geglaubt, ohne zu wissen, wie ihr Leben verlaufen würde, dass alles zurückkommen konnte, wenn sie den Ring fortwarf. Dass vielleicht sogar Ronnie zurückkommen konnte.

Es war eine typische Seebadshow. Varieté. Alles, von Akrobaten bis zu den Rockabye Boys am Anfang ihrer Karriere und der üppigen Doris Lane, die keineswegs am Anfang ihrer Karriere stand und manchmal »Meisterin der Melodie«, manchmal (mit frechem Seitenblick auf eine ihrer Konkurrentinnen) die »Verlobte der Streitkräfte« genannt wurde. Alles, von Jongleuren und Tellerdrehern bis zu »Lord Archibald«, der mit einem großen

Teddy auf die Bühne kam – »die Hand in Teddys Arsch«, wie Jack es ausdrückte – und Gespräche mit ihm führte, in denen der Teddy erstaunliche Schlagfertigkeit bewies. Im Verlauf der Saison redeten sie über die Entwicklungen in der Welt – was Macmillan zu Eisenhower hätte sagen soll und dergleichen. Manchmal wurden sie auch zu Macmillan und Eisenhower oder zu Chruschtschow und de Gaulle. Nichts war komischer, als den Teddy wie General de Gaulle sprechen zu hören.

Alles wurde von Jack, dem Conférencier, zusammengehalten. Als wäre es seine Show. Er nahm die anderen unter seine Fittiche und verlieh der Vorstellung das gewisse Flair. Er war für diesen Abend dein guter Freund, der beste aller Gastgeber. Er sei, sagte er hinter der Bühne, lediglich das Öl im Getriebe – je mehr Öl, desto geschmeidiger. Aber so leicht war das nicht.

Damals war er der Flinke Jack. Ein bisschen Geplauder, ein paar Witze, manche schlüpfrig, ein bisschen Singen, ein bisschen Tanzen, ein wenig Steppen. Er machte die Einführungen und Überleitungen, hatte aber auch ein paar eigene Auftritte, und am Ende rundete er die Show mit seiner Schlussnummer ab.

Die Zuschauer sollten in ihrer Ferienstimmung vollends aufgehen und mit dem Gefühl nach Hause gehen, dass sie etwas für ihr Geld bekommen und sich gut amüsiert hatten, und vielleicht verspürten sie sogar den Wunsch, selbst ein bisschen zu singen und ein paar Tanzschritte zu wagen. Für viele der Gäste war der Abend auf dem Pier der Höhepunkt ihrer Ferien.

»Und jetzt, verehrtes Publikum, sagt euch euer alter Freund, der Flinke Jack, gute Nacht. Träumt süß, von wem auch immer. Zum Abschluss geb' ich euch noch ein kleines Lied mit auf den Weg. Ihr kennt es bestimmt. Maestro – bitte!«

When the red red robin ... – *Wenn das rote, rote Rotkehlchen ...*

War das Publikum in der richtigen Stimmung, sang es mit. Und manchmal, wenn die Zuschauer hinaustraten in die Lichter und zu dem Gemurmel und dem Geruch des Meeres, und wenn sie mit glücklichen Schritten auf den Planken entlanggingen, sangen sie vielleicht im Kopf, oder auch laut, ein paar Takte von diesem Lied.

I'm just a kid again doing what I did again! – Da bin ich wieder Kind und spiele wie ein Kind!

Das war im August 1959.

Als Ronnie und Evie ans Ende des Programms rückten und sogar die Rockabye Boys verdrängten, wurde Jacks Abschiedsnummer in mehrerlei Hinsicht etwas schwieriger. Warum waren Ronnie und Evie ans Ende des Programms gerückt? »The show must go on«, das war das eine, aber es gab noch ein anderes Gesetz im Theater: Spar den nicht zu überbietenden Höhepunkt bis zum Schluss auf. Andererseits war es undenkbar, auf Jacks Schlussnummer zu verzichten, es hätte die Show an sich verändert. Also trat er, nachdem der Applaus für Ronnie und Evie verklungen war, wie gewohnt auf die Bühne, allerdings mit abgeänderter Abschiedsplauderei. Er hob die Hände und legte die Handflächen zusammen, als hätte er mitapplaudiert oder entböte einen gebetsartigen Gruß. Er zog sein weißes Taschentuch heraus und wischte sich über die Stirn. Dass er übertrumpft worden war, quittierte er mit einer schalkhaften Geste.

»Na, was habe ich gesagt, verehrtes Publikum, was habe ich gesagt? Jetzt habt ihr nur noch mich. Zurück auf dem Boden der Tatsachen, wie?«

Er wickelte sich das Taschentuch um die Hand und schüttelte es dann, als erteilte er einen Befehl. Mit einem Schulterzucken blickte er ins Publikum.

Er wechselte zu einem unbeschwerten Ton des Abschiednehmens. Das hatte er drauf. Sie hingen an seinen Lippen. Nicht nur ein Fall von attraktivem Aussehen und Theaterschminke, schon damals war das zu erkennen.

Eddie Costello, der später für die News of the World schreiben sollte, behauptete immer, er habe das Talent gleich erkannt, obwohl damals seine Bewunderung in erster Linie Ronnie und Evie galt.

Während Ronnie und Evie in der Garderobe wieder in ihre Alltagsgestalten schlüpften, hörten sie, wie die Band zu spielen begann und das Publikum mit Jack zusammen sang. Sie selbst stimmten nicht mit ein. Womöglich sprachen sie nicht einmal miteinander. Vielleicht versuchten sie es. Das Publikum, das die beiden eben noch, als sie ein Wunder vollführten, bestaunt hatte, machte sich von diesem Unvermögen hinter der Bühne keine Vorstellung.

Jahre, sogar Jahrzehnte später, als Jack schon längst nicht mehr der Flinke Jack war – wer erinnerte sich überhaupt noch an diese leichtfüßige Gestalt? –, sondern einfach wieder Jack Robbins, obwohl manche davon sprachen, er könne eines Tages Sir Jack Robbins sein, sagte er in Interviews mit meisterhafter Bescheidenheit: »Schauspieler? Nein, einfach ein Varietékünstler, das bin ich.« Und er konnte das Lied immer noch singen, das zu seiner Rolle gehörte, seine Erkennungsmelodie. *Wake up, wake up, you sleepy head!* – *Wach auf, Langschläfer, wach auf!* Und wenn er wollte, konnte er nach wie vor mit seinem Theaterzwinkern und dem strahlenden Lächeln betören, beides bis in die letzte Reihe sichtbar und ansteckend.

Jack, Ronnie und Eve sah man in jenem Sommer oft im Walpole Arms. Sie bildeten ein ungleiches Dreieck, Jack und das Pärchen, und öfter noch eine schiefe Vierergruppe – Ronnie und

Evie, die Verlobten, und Jack mit einer willfährigen, jedoch nur zeitweiligen Gespielin am Arm, deren Name bald vergessen war.

Jetzt, als der August schon fast in den September überging, waren weder das Dreiergestirn noch das Vierergespann in Sicht. Wenn Ronnie und Evie es schon schwierig fanden, miteinander zu sprechen, dann mieden Jack und Ronnie erst recht das Gespräch. Gleichzeitig rückte Ronnies und Evies Nummer in der Werbung auf, und Ronnie wurde, was ebenfalls Jack zu verdanken war, ein besonderer Titel verliehen. Diese Ehre blieb Jack (der auch nie Sir Jack wurde) versagt.

Unterdessen fanden es Lord Archibald und sein Teddy überhaupt nicht schwierig, sich miteinander zu unterhalten.

Jack und Ronnie waren schon seit einigen Jahren befreundet. Sie hatten sich beim Militärdienst kennengelernt, wo sie unabhängig voneinander die Militärbehörde in eine kleine Verlegenheit brachten, denn Jack gab seinen bürgerlichen Beruf nicht als »Varietékünstler«, sondern als »Komiker« an, und Ronnie trug »Zauberer« ein. Keiner der beiden machte eine unwahre Aussage noch – in Jacks Fall – einen Witz.

Die Armee hätte sie auf verschiedenste Weise für ihre Keckheit bestrafen können, man hätte sie auch der Einheit zuteilen können, die für die Unterhaltung der Truppen zuständig war. Letztlich war es etwas dazwischen. Statt die beiden zu Übungen in schlammigem Gelände zu schicken, wurden sie, in der Annahme, sie seien zartbesaitete Künstlerwesen, mit einer Aufgabe betraut, die in ihrer Eintönigkeit normalerweise dem zivilen Leben vorbehalten war. Sie mussten nämlich das Ablagesystem des Royal Corps of Signals auf Leben und Tod, wie Jack es später formulierte, bewachen und verteidigen.

So grausam war diese Entscheidung nicht, schließlich hätten sie auch in Einsatzgebiete geschickt werden können, wo die Gefahr bestand, erschossen zu werden. So aber hatten sie die meisten Wochenenden frei. Jack, der im Walpole für Evie einige der Stationen in Ronnies Leben ausschmückte, die Ronnie offenbar im Ungefähren gelassen hatte, beschrieb es so: Sie verbrachten jeden Tag der Woche in Blandford – »im grünen Schoße Dorsets« – und jedes Wochenende in London, wo sie auf unterschiedlichste Weise ihre Verbindungen zum Showgeschäft pflegten.

»Das Royal Corps of Signals war nebensächlich, Evie. Wir waren JFZ. Jeden Freitag zurück.«

In dieser Zeit wurde Jack bekannt dafür, dass er vor dem Lichtaus den ganzen Schlafsaal mit seinen meisterlichen Nachahmungen sämtlicher Offiziere unterhielt, die ihre Wege kreuzten (er hätte ein Lord Archibald sein können), und Ronnie erlangte einen Ruf als jemand, mit dem man auf eigenes Risiko Karten spielte, denn nicht nur würde er wahrscheinlich gewinnen, sondern er konnte das Spiel auch in etwas ganz anderes verwandeln.

Nach ihrer Militärzeit blieben sie in Verbindung, eine Zeit lang traten sie sogar als Doppel auf. Damit war ihnen jedoch kein Glück beschieden. Ein Komiker und Varietékünstler zusammen mit einem Zauberer? Das konnte nicht gut gehen. Nachdem sie sich in Freundschaft getrennt hatten und Jack als Alleinunterhalter ziemlich erfolgreich wurde, kam der Moment, da Jack seinem Freund und dessen dümpelnder Karriere auf die Sprünge half. Als er nämlich bei der Show in Brighton für eine zweite Saison engagiert wurde (ein beachtlicher Coup!) und dadurch einigen Einfluss bei der Geschäftsleitung erwarb, sagte er zu Ronnie: »Such dir eine Assistentin, und du kriegst bei mir nächsten Sommer eine Nummer.«

Jack musste nicht erklären, warum es eine Assistent*in* sein sollte. Er musste nicht breit ausführen, dass Zauberei zwar eine feine Sache war – Zauberei war einfach zauberhaft –, aber Zauberei mit Glanz gepaart, das war die perfekte Mischung.

Ronnie hatte nicht widersprochen. Es war das Jahr 1958. Er war Zauberer, aber er hatte auch die weniger bezaubernden Seiten des Showgeschäfts kennengelernt. Und jetzt bot sich ihm eine Chance. Allerdings war seine zweite Reaktion auch realistisch. Eine Assistentin? Dazu noch eine glanzvolle? Wie sollte das gehen? Seine Taschen waren leer.

Doch kurz darauf starb Eric Lawrence, ehemals bekannt als »Lorenzo« (und für Ronnie schlicht und einfach »der Magier«).

Zwar waren Jack und Evie einander bis zu dem Zeitpunkt noch nicht begegnet, aber sie waren wesensverwandt und hätten das sicherlich bald entdeckt. Die drei freundeten sich schnell an. Es war nur natürlich. Ronnie und Evie hatten es Jack zu verdanken, dass sie als Paar engagiert wurden – und auch, so könnte man behaupten, dass sie ein Paar wurden. Also hatte Jack selbst eine Art Zauber gewirkt.

Zu Ronnie sagte er allerdings: »Ich habe von einer Assistentin gesprochen, weiter nichts.«

Jack war nicht unbedingt der Typ, der sich verlobte, aber wenn er sich einmal nicht mit Ronnie und Evie im Walpole traf, lag es gewöhnlich daran, dass er mit einem Mädchen angebändelt hatte. Manchmal kam sie mit. Dass sie es mit einer festen Dreiergruppe zu tun hatte und nur rein zufällig dabei war, konnte ihr nicht entgehen, aber wie Evie einmal zu Ronnie sagte: »Wenigstens ist sie mal drangekommen.« Diese Gelegenheitsmädchen verschmolzen miteinander zu einem und wurden für Ronnie und Evie zu »Flora«. Wie Flora wohl diese Woche sein mochte? Ihre eigentlichen Namen schienen unbedeutend.

Der Saloon im Walpole galt als Treffpunkt für Theaterleute,

und auch Eddie Costello suchte ihn gelegentlich auf, um ein Bier zu trinken und sich ein wenig umzusehen.

Wenn sie zusammen im Walpole saßen, konnte es sein, dass der Blick der Flora des Tages Evies Blick begegnete und umgekehrt. Oder Evie bemerkte, wie das Mädchen Evies Verlobungsring musterte. Das Mädchen mochte achtzehn oder neunzehn sein, und Evie war inzwischen gestandene fünfundzwanzig, aber vor nicht allzu langer Zeit hatte sie in einer Reihe mit anderen jungen Dingern – allesamt kleine Floras – untergehakt auf der Bühne gestanden und die Beine in die Luft geworfen. Und dann sah sie das Mädchen, das sich so entschlossen an Jacks Arm klammerte, mit einem komplizierten Lächeln an.

Ja sicher, wenn man Ronnie neben seinen Freund Jack Robbins stellte, welchen würde ein dummes Mädchen wählen? Vorausgesetzt, es war dumm. Aber Ronnie hatte etwas, das wusste Evie inzwischen. Und hatten sie, Evie und Ronnie, nicht auch etwas Gemeinsames? Ihre Nummer war mittlerweile ziemlich erfolgreich, und lag das nicht an diesem einfachen Geheimnis? Auf jeden Fall hatten sie etwas. Zusammen waren sie gut, sie waren ein natürliches Paar. Das weiß man, das merkt man. Evie stellte sich vor, dass die Menschen im Publikum, wenn sie selbst mit Ronnie auf der Bühne stand, spürten, was sie beide verband. Dazu kam der Verlobungsring, der an ihrem Finger funkelte, wie zur Bestätigung.

Das Mädchen erwiderte dann blinzelnd Evies Lächeln und steckte die Nase tiefer ins Glas, ohne ihren Griff um Jacks Arm zu lockern.

Wenn Jack ihre Nummer ansagte, ob an erster Stelle nach der Pause oder später in der Saison, als sie an herausgehobener Stelle am Ende kam, sagte er manchmal auf seine gönnerhafte Art: »Und jetzt, verehrtes Publikum, bringe ich euch den echten Zaubermeister. Nicht einen wie mich, was?« Und dann grinste er sein breites Nussknackergrinsen.

Jack Robbins und Evie White waren vom selben Schlag und gehörten einer damals recht verbreiteten Art an. Evie entdeckte, dass auch Jack eine Mutter hatte, die ihn, wie ihre es getan hatte, vom frühesten Alter an wie einen kleinen Hund für ein Leben auf der Bühne abgerichtet hatte.

Die Bühne war ein Weg. Wenn man sonst nichts hatte, so verfügte man doch über den eigenen Körper, den man für Auftritte und zur Unterhaltung einsetzen konnte. Mütter einer bestimmten Herkunft schienen dieses Wissen zu besitzen und waren besonders dann, wenn kein Vater vorhanden war – auch hier entdeckten Evie und Jack eine Ähnlichkeit –, daran interessiert, dieses Wissen weiterzugeben.

Evie hatte so eine Mutter. Eine Mutter, die sie trainierte und dressierte und mit ihr zum Vorspielen ging wie zu einer Viehauktion. Evie erinnerte sich, dass ihre Mutter nach solchen Ereignissen jedes Mal sagte: »Das Leben ist ungerecht, mein Schatz, war es schon immer und wird es immer sein«, und dann mit einem strahlenden Lächeln hinzufügte: »Aber keine Angst, mein Häschen, du kommst noch dran.«

Was sollte sie nun glauben? Dass das Leben ungerecht war oder dass sie noch drankam? Und was war damit gemeint: drankommen? Es klang wie etwas, das schnell vorbeiging. Wie das, was sie ohnehin tat. Nichts leichter! Sie konnte jederzeit und ohne Zögern, fast als wäre es ihr zur zweiten Natur geworden, aufstehen und sich drehen und lächeln und die Arme schwingen und, wenn sie die richtigen Schuhe anhatte, mit den Absätzen klappern und auf Zehenspitzen stehen, den Mund zum Singen geöffnet. Aber noch nie hatten die Männer und wenigen Frauen, die mit Bleistiften ausgerüstet an den Tischen saßen, sie aus der Menge der sich abstrampelnden Mädchen von elf oder zwölf ausgewählt, alle mit spitzen Ellbogen und von ihren Müttern präpariert und präsentiert, die das Gleiche konnten wie sie. Manche auch besser. »Die Nächste bitte!«

»Pass gut auf deine Beine auf, Evie. Obwohl, vielleicht passen die auch alleine auf sich auf. Und immer lächeln, du darfst nie das Lächeln vergessen. Du hast die Beine und du hast ein hübsches Gesicht, mein Engel, aber an deiner Stimme, an der müssen wir arbeiten.«

Da war was dran. Sie hatte die Beine, wohlgeformt und mit der Zeit noch länger, und sie hatte ein hübsches Gesicht und wusste es einzusetzen. Sie konnte lächeln und tanzen, aber – das Leben ist wirklich ungerecht – sie konnte nicht singen, sosehr sie sich auch bemühte. Deshalb musste sie bei ihren Probeauftritten darauf achten, dass dieser Mangel nicht auffiel.

Zum Glück war das nicht so schwer, wenn sie mit den anderen Mädchen, die als Elf- und Zwölfjährige angefangen hatten, untergehakt war und die Beine in die Luft warf und sich mit ihnen zusammen drehte, hierhin und dorthin – und immer lächeln, immer lächeln! Und wenn Singen verlangt wurde, konnte sie sich eine Weile von den anderen tragen lassen, während sie eifrig die Mundbewegungen machte.

Keep your sunny side – up – up! – Zeig deine Sonnenseite, immer nur die Sonnenseite!

Evie White. War sie früher nicht eine einfache Revuetänzerin gewesen? Hatte sie nicht in einer Show mitgemacht? Im Varieté?

Jack dagegen, dessen Leben ganz ähnlich begonnen hatte und dessen Mutter ihn ähnlich trainiert hatte, konnte alles Mögliche, auch singen.

There'll be no more sobbin' when he starts throbbin' ... – Wer wird denn noch weinen, bei diesen tanzenden Beinen ...

Bei Ronnie Deane lag der Fall anders, und mit der Zeit und einiger Hartnäckigkeit bekam Evie heraus, dass seine Einführung in die Welt des Unterhaltungsgeschäfts eine ganz andere gewesen war, so wie auch seine Mutter ganz anders war als ihre.

Einmal, da war er erst fünf, hatte seine Mutter ihn, seine Hand fest in ihrer, um ein paar Ecken von ihrem Haus zum Tor einer Schule gebracht, wo er ihrer Überzeugung nach all das lernen würde, was ihm ein besseres Leben sichern würde als das, was seiner geplagten Mutter und seinem nur selten anwesenden Vater beschieden war.

Später, wenn Agnes Deane an diese Schulwege zurückdachte, im Winter manchmal bei beißendem Frost, kamen sie ihr wie die wenigen hellen Momente in ihrem Mutterleben vor.

»Sei brav, Ronnie, sei ein braver Junge«, sagte sie zu ihm und drückte ihm ein letztes Mal die Hand. Ein vernünftiger und gut gemeinter Rat, und Ronnie war bereit, ihn zu befolgen. Bald würde er den Weg zu diesem anfangs gefürchteten Tor mit Eifer und Stolz allein zurücklegen. Doch es dauerte nicht lange, bis seine Mutter ihn – seine Hand fest umgriffen und bemüht, seine (wie auch ihre eigenen) Ängste zu beschwichtigen – woandershin brachte und abgab.

Agnes Deane. Das Leben war nicht gerecht zu ihr gewesen und würde es auch nie sein. Sie und Ronnie und, wenn auch nur zeitweilig, Ronnies Vater lebten in einem der ärmlichsten Häuser von Bethnal Green, aber immerhin ein Haus. Es gab sogar einen winzigen Hof mit dem unerlässlichen Abort, einem stets schrumpfenden Kohlehaufen und einer Zinkwanne, die an der Wand des Aborts lehnte und der allgemeinen Körperreinigung vorbehalten war.

Ronnies Vater hieß Sid. Der von Agnes hieß Diego. Sid war bei der Handelsmarine. Agnes war Putzfrau. Obwohl sie selbst durch und durch englisch war, sogar durch und durch von Londons Eastend geprägt, reichte ihre spanische Abstammung aus, um ihr in Sids Augen einen exotischen Reiz zu verleihen und Ronnie seine herausstechenden Merkmale zu geben: das glänzende schwarze Haar und die dunkel glühenden Augen.

Da das, was Agnes widerfahren war, in Sids Heimatstadt passiert war, konnte Sid sich seiner Verantwortung nicht auf die bei Seeleuten übliche Weise entziehen, und man musste es ihm zugutehalten – obwohl Diegos Überredungskünste (Sid behauptete, Diego hätte gedroht, ihm die Kehle durchzuschneiden) auch eine Rolle gespielt haben mochten –, dass er sich zu dieser Verantwortung bekannte, indem er Agnes heiratete und auch nach langen Abwesenheiten zu ihr und seinem Sohn zurückkehrte, und dass er seiner Frau regelmäßig, auch während seiner Zeit auf See, einen Anteil seines bescheidenen Lohns zukommen ließ.

Für Ronnie war sein Vater ein Besucher, jemand, der plötzlich aufkreuzte und ebenso plötzlich wieder verschwand. Nicht zuletzt aufgrund ihrer Kürze hinterließen die Anwesenheiten seines Vaters einen solch unauslöschlichen Eindruck in ihm.

Einmal kam Sid Deane mit einem Papagei nach Hause und machte ein riesiges Getue darum zum Zeichen, dass er es für eine hervorragende Idee hielt, mit einem Papagei nach Hause zu kommen. Der Papagei hieß Pablo und konnte das selbst bestätigen: »Hallo, ich bin Pablo!«, sagte er. Pablo war Ronnies zweiter Vorname auf Spanisch. War der Papagei also – und dies schien Ronnie eine wichtige, jedoch niemals eindeutig geklärte Frage – ein Geschenk des Vaters für seinen Sohn? Oder eine Huldigung der spanischen Abstammung von Ronnies Mutter?

Es war ein wunderschöner Vogel, die Federn eine Mischung aus Grün und Blau mit aufblitzendem Rot dazwischen, die

Kehle ein leuchtendes Gelb. Selbst wenn er seinen Namen nicht hätte sagen können – würde man ein solches Tier jemals vergessen?

Ronnies Mutter mochte den Papagei nicht. Der Vogel war in ihrem Haus nicht willkommen, und kaum war Ronnies Vater wieder fort, verkaufte sie den Papagei zu Ronnies ungläubigem Staunen an einen Tierhändler, der eine solche Rarität nur zu gerne erwarb.

Damals hatte Ronnie gerade mit der Schule angefangen, aber er war zu Hause, als der Tierhändler eines Abends den Papagei samt Käfig und allem Drum und Dran abholte. Und er sah, wie der Tierhändler ein Bündel zusammengerollter Scheine aus der Tasche zog und seiner Mutter überreichte. Er wusste nicht, wie der Preis ausgehandelt worden war, noch, was ein Papagei wert war, und er wusste auch nicht, wie er protestieren oder einschreiten konnte. Solche Dinge hatten sie in der Schule nicht durchgenommen, aber er begriff, dass ihm hier eine deutliche Lektion erteilt wurde, wie es in der Welt zuging, und dass er viel zu wenig darüber wusste. Seine Hilflosigkeit machte aus ihm einen Niemand.

Später, als er im Bett lag, rechnete er heftig ab. Er würde aufhören, ein braver Junge zu sein. Von seiner Mutter war er zutiefst enttäuscht. Wen sollte er mehr hassen, sie oder den Tierhändler? Er malte sich eine Szene aus – obwohl das jetzt sinnlos war –, in der er diesen Schmerz verhindert hätte, vielleicht auf eine Art und Weise, die ebenso schmerzhaft, aber vielleicht der einzige vernünftige Weg gewesen wäre. Er hätte, als seine Mutter aus dem Zimmer war, die Gelegenheit nutzen und die Käfigtür öffnen können, nachdem er zuvor das Fenster oder die Tür zum Hof geöffnet hatte. Wenigstens hätte er Pablo die Freiheit anbieten können, hätte ihn wählen lassen können.

»Flieg weg, Pablo!«

Damals war er gerade sechs. Diese Gedanken brodelten in ihm, beruhigten sich dann wieder, gingen aber nie ganz weg. Und bald würde sein Vater das nächste Mal nach Hause kommen und den Papagei nicht mehr vorfinden.

Ronnie fasste den weisen Entschluss, nichts zu sagen. Das hier war Sache seiner Mutter. Der Moment der Wahrheit war gekommen.

Wo war der Papagei? Nur verständlich, dass Sid Deane das wissen wollte. Wo war Pablo? Das Bemerkenswerte war, dass der Papagei während seines kurzen Aufenthalts im Haus gelernt hatte, sowohl die Frage zu stellen: »Wo ist Pablo?«, als auch sie selbstbewusst zu beantworten: »Da bin ich!«

Aber zu Ronnies Überraschung hatte auch seine Mutter eine Antwort parat: »Er ist entflogen.«

Das war eine schamlose Lüge, und Ronnie, von den Ereignissen abermals auf dem falschen Fuß erwischt, hielt es für das Beste, weiter zu schweigen – ohnehin war er sprachlos –, und erzählte nicht, dass seine Mutter den Papagei an einen Tierhändler verkauft hatte. Damit stellte er sich auf die Seite seiner Mutter, und als sein Vater von ihm Bestätigung erbat, blickte er betreten auf die Füße, als hätte er tatsächlich dem Vogel zur Flucht verholfen. In seiner Fantasie hatte es sich ja so abgespielt.

Er war zu jung und deshalb nicht in der Lage, die Sache bis zum Ende zu durchdenken, denn hätte er seine Haltung mit Überzeugung vermittelt und seine Fantasievorstellung als Basis für seine eigene Lüge benutzt, vielleicht hätte das Selbstopfer seine Eltern miteinander versöhnt. Nur wie hätte ihm das geholfen? Auch so war sein Schweigen ein Selbstopfer und schmerzhaft genug.

Zu ihrer Verteidigung hätte Mrs Deane sagen können, Sidney Deane hätte ihr mit dem Papagei noch jemanden aufgehalst, den sie durchfüttern musste. Was fraß ein Papagei? Dazu kam das Krächzen.

Als Evie Jahre später Ronnie über seine Kindheit ausfragte, bekam sie nur wenig aus ihm heraus. Er war ein verschwiegener Mensch, und vielleicht mussten Zauberer so sein. Mit Mühe brachte sie ihn dazu, von seinen Eltern zu erzählen, doch mit Zauberei hatte das eher nichts zu tun. Sie selbst sprach ganz unbefangen über ihre Eltern – allerdings gab es über ihren Vater so gut wie nichts zu sagen. Sie hatte auch nichts dagegen, dass ihre Mutter – als der richtige Zeitpunkt kam – Ronnie kennenlernte. Immerhin war Ronnie ihr künftiger Ehemann.

Aber Ronnie hielt sich eher bedeckt. Zum Beispiel würde Evie nie etwas über den Papagei erfahren, obwohl er einen wichtigen und dauerhaften Eindruck in Ronnie hinterlassen hatte. Dabei hatte sie, wenn sie Ronnie ansah, den Papagei praktisch vor Augen. Pablo war Ronnies Künstlername.

»Warum Pablo, Ronnie?«

»Ist doch mein zweiter Vorname.«

Das schien nur die halbe Antwort zu sein.

Auch ohne den Zankapfel, den der Papagei darstellte, gab es in den Zeiten, da Ronnies Vater zu Hause war, viel Streit und Zwietracht und kein glückliches Familienleben, wie es hätte sein sollen. Selten verging ein Tag ohne heftige Auseinandersetzung, und es hatte den Anschein, dass Ronnies Mutter zwar froh und sogar erleichtert war, wenn ihr Mann nach Hause kam, doch vielleicht noch froher, wenn er wieder abreiste.

Manchmal brach sie nach einem Streit weinend zusammen, öfter jedoch machte sie ein Gesicht, als würde sie Feuer speien. Dann nahm Sid seinen Sohn zur Seite, als wollte er sich, bevor er wieder abreiste, des Einvernehmens und Rückhalts seines Sohnes vergewissern, und machte eine tiefschürfende Bemerkung wie: »Das spanische Blut, Ronnie«, oder auch: »Spanische Leidenschaft«, womit er im weitesten Sinne andeutete, dass Ronnie im Leben nicht die gleichen Fehler machen solle wie er selbst.

Je älter Ronnie wurde, desto mehr vermisste er seinen Vater, den er ohnehin nur selten sah, und er versuchte, seinen Schmerz durch eigene tiefschürfende Überlegungen zu lindern, und kam zu dem Schluss, er konnte seinen Vater doch nur so vermissen wie den Papagei. So wie man eine seltene Erscheinung vermisste, nicht jemanden mit einer festen Anwesenheit; oder wie man etwas vermisste, das nie da gewesen war. Aber war das nicht eigentlich mit allem so?

Und den Papagei vermisste er.

An einem Tag im Jahr 1939 brachte Agnes den achtjährigen Ronnie zum Bahnhof in dem Wissen, dass ihre Wege sich ernstlich trennen mussten; ihren Mann würde sie, von einem winzigen letzten Besuch abgesehen, nie wiedersehen, was sie aber nicht wusste, so wie sie auch nicht wusste, dass sie ihren Sohn, den sie jetzt gehen ließ, nie so wiedersehen würde, denn bei seiner Rückkehr wäre er völlig verändert.

Damals war er immer noch und trotz allem ihr braver kleiner Junge, ihr einziges Kind, ihr ganzer Stolz und ihre Freude, und jetzt sagte sie ein ums andere Mal: »Sei ein braver Junge, Ronnie.« Aber natürlich verstand sie, dass dies etwas anderes war, als ihn am Schultor gehen zu lassen. Seine Schulbildung, seine Zukunft – all das lag nun völlig im Ungewissen. Doch ging es nicht allen so?

Sie hatte sich ein neues weißes Baumwolltaschentuch zugelegt – keine leichtfertige Anschaffung für Agnes – und in den Ärmel gesteckt. Unter den Müttern hatte sich herumgesprochen, dass es gut sei, ein solches mitzubringen, es würde sich beim Winken als nützlich erweisen und den sich entfernenden Kindern ihre Mütter deutlicher sichtbar machen. Auf den anderen, offensichtlicheren Zweck hatte niemand hingewiesen.

Sie hätte diese Entscheidung nicht treffen müssen, niemand war dazu verpflichtet, aber ein umfassender landesweiter Plan sah vor, die Kinder an sichere Orte zu bringen, und welche Mutter würde nicht das Sicherste für ihr Kind wollen?

Der Moment, da die Frauen hinter der Sperre zurückbleiben mussten, war gekommen, und außer Winken blieb ihnen nichts zu tun, während die Kinder den Bahnsteig entlang zu ihren Zugabteilen geführt wurden. Die Mädchen und Jungen trugen Namensschilder und in Kartons verpackte Gasmasken um den Hals, sodass sie schon vor der Abfahrt in dem Getümmel ununterscheidbar und verloren waren. Agnes konnte den Kopf ihres Sohnes nicht mehr entdecken, so wie auch die Mütter in der Menge an der Sperre für die Kinder verschwammen. Die flatternden Taschentücher, einem aufgescheuchten Schwarm weißer Vögel ähnlich, und – das traf gleichermaßen auf die einen hier und die anderen dort zu – die durch Tränen verschwimmende Sicht machten es noch schwieriger. Manche Mütter waren unentschlossen, wozu sie ihr Taschentuch benutzen sollten.

Aber Agnes winkte weiter, auch, nachdem sie Ronnie nicht mehr sehen konnte, und versuchte, die Tränen zurückzuhalten – selbst, als die Kinder im Zug verstaut und den Blicken entzogen waren, und sogar noch, als der Zug unter Rattern und Kreischen aus dem Bahnhof fuhr und allmählich verschwand.

Nachdem sie ausgewinkt hatte, machte sie sich quer durch London (bis nach Paddington war es eine ziemlich lange Fahrt gewesen) auf den Rückweg in das verlassene, leere Haus in Bethnal Green. Wie sie ihren Ronnie vermisste! Sie hätte ihn nicht weggeben müssen, aber sie hatte es getan. Es war das Beste so. Manchmal verlangte die Mutterpflicht so etwas:

einen Akt der Entsagung. Sie trocknete sich die Tränen, und ihr Kummer verhärtete sich, wie sie es in ihrem Leben schon kannte, zu einem duldsamen Sichfügen.

Warum sollte sie weinen, wenn ihr Ronnie in Sicherheit war? Ihr eigenes Schicksal wäre es jetzt – noch hatte sie keine klare Vorstellung, was das bedeutete –, die Bombenangriffe auszuhalten. Sie müsste in Bombenkeller hasten und dort mit den nicht weniger verängstigten Nachbarn kauern, wenn die Bomben fielen, von denen jede Einzelne ihr Haus in Schutt und Asche legen oder, sollte ihr dieses Unglück beschieden sein, sie selbst auslöschen konnte (und ein paarmal wünschte sie sich das sogar). Aber wenigstens war Ronnie, wenn auch weit weg von ihr, so doch dieser Gefahr nicht ausgesetzt.

Sie wischte sich mit dem inzwischen schmuddeligen Taschentuch die Augen trocken und schwor sich, es nie wieder zu benutzen. Sie würde es auch nicht waschen und gefaltet weglegen. Sie würde es behalten, mit dem ganzen Kummer dieses einen Tages darin, bis der Krieg vorbei war, wie einen Talisman. Für Tränen hatte sie fortan keine Verwendung mehr.

Sid unterdessen – typisch für ihn – war noch weiter weg und aus der Gefahrenzone heraus. Da draußen auf dem blauen Ozean. Sicher wie in Abrahams Schoß.

Ronnie konnte lang nicht aufhören zu weinen und zu schluchzen, als er in dem brechend vollen Zug saß. Wie auch, wenn die meisten anderen um ihn herum das Gleiche taten? Ihnen war klar geworden, dass dieses befürchtete Ereignis kein Scherz war, auch keine leere Drohung, sondern grausame Wirklichkeit. Vielleicht war ihr Weinen mit einer Portion kindlicher Wut vermischt. Wie konnten ihre Mütter ihnen das antun?

Vielleicht beschlich ihre Mütter zur gleichen Zeit eine atembeklemmende Ahnung von der höllischen Phase, in die die

Weltgeschichte bald eintreten würde und in der ihre weißen Taschentücher eine andere, ihnen nur halb bewusste Funktion haben konnten, als beschwichtigendes Zeichen der Kapitulation. Können wir bitte unsere Kinder zurückhaben? Aber dazu war es zu spät.

Möglicherweise waren auch die Kinder von Wahrheiten berührt, die weit über ihre derzeitige Lage hinausgingen. Fest stand, je größer die Trennung von ihren Müttern durch den ratternden Zug wurde, umso lauter riefen sie nach diesen Frauen, die ihnen etwas so Ungeheuerliches angetan hatten, und umso schmerzlicher in ihrer süßen Vertrautheit waren die Bilder, die sie von ihnen heraufbeschworen. Ronnie spürte noch einmal den Händedruck seiner Mutter, als sie ihn das erste Mal am Schultor verlassen hatte. Welches entsetzliche Tor wartete jetzt auf ihn?

Das Schild um seinen Hals gab Auskunft darüber, woher er kam und wohin er geschickt wurde. Und natürlich nannte es seinen Namen. Allerdings kam es Ronnie so vor, dass selbst seine Identität im Laufe des langen Transports und der allgemeinen brutalen Neuordnung der Kinderleben ungewiss geworden war.

Er hatte keine klare Vorstellung von dem Zielort. »Oxfordshire«. Wo war das? Und die Adresse begann nicht, wie die meisten Adressen, mit einer Nummer, sondern mit einem verwirrenden Namen: »Evergrene«. Wie sollte er das verstehen?

Es dauerte eine Weile, bis er darauf kam – Wörter besaßen diese Eigenschaft, dass sie sich einem erst verwehrten und plötzlich erschlossen: Evergrene. Es reimte sich leise mit seinem eigenen Namen und dem Ort seiner Geburt. Er wusste nicht, ob das ein ermutigendes Zeichen war oder ein düsteres Omen. Da er zu Letzterem neigte, wandelte sich seine Traurigkeit in pure Angst.

Aber bemerkenswert ist ja, wie schnell, besonders wenn man erst acht ist, die Stimmung, der Blick auf die Welt, ja, die Welt selbst sich verändern können.

Der große Auszug der Kinder hatte viele Folgen, und nicht alle waren segensreich. Es gab schlimme Geschichten. Manche Kinder kamen in schreckliche Lager. Andere wurden von sogenannten »guten Familien« aufgenommen, wo sie eingesperrt und wie Sklaven behandelt wurden – und Schlimmeres. Ein paar Kinder sahen keinen anderen Ausweg, als aus ihren Zufluchtsorten zu fliehen und heimlich, Fremde im eigenen Land, zurückzuschleichen und sich der Bombengefahr auszusetzen.

Ronnie aber wurde in einem Haus aufgenommen, das auf dem Land lag – offene Landschaft wie hier hatte er bis dahin noch nie gesehen – und wo man, von den Verdunklungsvorhängen und ein paar kleinen Unbequemlichkeiten abgesehen, gar nicht merkte, dass Krieg war. Evergrene.

Ronnie vergaß den Krieg ziemlich schnell, und bald war er überzeugt, dass der Ort, an den er geschickt worden war, sein eigentliches Zuhause war und sein vorheriges Leben mitsamt dem Haus in Bethnal Green und seinen Eltern Agnes und Sid auf einer Verwechslung oder einem Missverständnis beruhte.

In Evergrene lebten Mr und Mrs Lawrence, oder Eric und Penelope, die mittleren Alters waren und keine eigenen Kinder hatten. Ihre Nächstenliebe und Mildtätigkeit hatten sie bewogen, ihren Beitrag zu leisten und diesen »Ronnie« bei sich aufzunehmen. Aber fast von Anfang an kam es Ronnie so vor, dass es andersherum war und er ihnen eine Gunst erwies. Er war wie ein Geschenk, das sie freudig entgegennahmen. Da war nicht nur seine Dankbarkeit, die er, wie er so oft ermahnt worden war, ihnen gegenüber zeigen sollte, auch sie empfanden Dankbarkeit.

»Denk dran, dass du dich bedankst, Ronnie«, hatte seine Mutter ihm, wenn auch mit schmalen Lippen, beim Abschied mit auf den Weg gegeben.

Er war tatsächlich überaus dankbar und überwand in kürzester Zeit seinen Vorsatz, ein so kleinmütiges Gefühl nicht in Worte zu fassen. Obwohl er wusste, dass er nur »für die Dauer« – eine anfangs beklemmende Wendung, denn er wusste, dass damit mehrere Jahre gemeint sein konnten – hierher verpflanzt worden war, entstand schon bald der Wunsch in ihm, für alle Zeiten in Evergrene bleiben zu können. Aber damit würde er sich ja wünschen (und er hörte gleich wieder auf, diesem Gedanken nachzugehen), dass all das Blutvergießen und die in der Welt herrschende Zerstörung nie aufhören würden.

Evergrene war anders als alle anderen Häuser, die er kannte. Für zwei Menschen war es riesig. Es gab eigene Räume für verschiedene Tätigkeiten. Ein Esszimmer, in dem man aß. Ein Badezimmer mit einer enorm großen Badewanne. Ein Wohnzimmer, ein ganzes Zimmer, wo man einfach sitzen konnte. Es gab zwei kleine Räume, wenn man aufs Klo musste.

Sogar der Garten – Garten! – schien sich endlos zu erstrecken, bis er zwischen den Bäumen aufhörte, und er hatte verschiedene Teile: einen Gemüsegarten, Rasen, Blumenbeete, ein Gewächshaus und ein Frühbeet. Was war ein Frühbeet? Es gab sogar einen alten, verrunzelten, aber offenbar kräftigen Mann, der Ernie hieß und gelegentlich kam, um die Gartenarbeiten zu verrichten. Anfangs glaubte Ronnie, Ernie schlafe im Gewächshaus.

Als wäre es mit Haus und Garten nicht getan, gab es auch noch ein Auto. Weil das Benzin rationiert war, wurde es nur selten benutzt, aber die Gelegenheit für Ronnie, darin zu fahren, würde kommen, und oft schlich er sich in die windschiefe, aus

Holzlatten gezimmerte Garage, um sich zu überzeugen, dass das Auto wirklich existierte.

All dies hatte ihm in seinem ersten Erstaunen einen stummen Ausruf entlockt, den er niemals laut vor dem Ehepaar Lawrence gebraucht hätte, auch vor seiner eigenen Mutter nicht – er war erst acht und im Grunde immer noch ein braver Junge –, aber der Ausruf war, wie seine Aussprache und anderes an ihm auch, der Beweis, dass er das raue Leben im East End von London kannte.

»Heilige Scheiße«, war, was er dachte, »heilige Scheiße.«

Hier also fing Ronnies neues (sein eigentliches?) Leben an. Während die Welt auseinanderbrach, lebte er hier in Sicherheit und Geborgenheit – im Luxus, gemessen an dem, was er kannte.

Mehr noch. Hier wurde er von Mr und Mrs Lawrence liebevoll umsorgt und gewürdigt – das Wort »geliebt« bekam eine Bedeutung –, sodass es mit der Zeit immer schwieriger wurde, an seine Mutter zu denken, die sich in Bethnal Green vor Bomben in Acht nehmen musste und deshalb sein Mitgefühl verdiente. Wo war Bethnal Green, und fielen tatsächlich Bomben darauf? Und der Gedanke an seinen Vater. Wo war er? Wo war er sonst immer gewesen?

Eric und Penelope verstanden es als Teil ihrer sehr ernst genommenen Verantwortung, Ronnies Eltern nicht zu ersetzen, sondern dafür zu sorgen, dass er mit ihnen in Verbindung blieb. Das war schwierig und im Fall von Ronnies Vater unmöglich. Von Agnes stammte der Satz, »Anderswo« sei Sidney Deanes Rufname. Und so wurde Ronnie trotz Erics und Penelopes aufrichtiger Bemühungen immer mehr zu ihrem eigenen Kind.

In Evergrene gab es ein Telefon. Ronnies Mutter wurde ermuntert, jederzeit anzurufen. Besonders als die Luftangriffe begannen, wollten sie in Evergrene wissen, ob sie in Sicherheit war. Ronnie war nicht in der Lage, Mr und Mrs Lawrence zu erklären, welch ein sonderbares Objekt ein Telefon in den Augen seiner Mutter war (auch für ihn war es das – ein weiteres exotisches Wunder, das in sein Leben gekommen war) und dass seine Mutter die Aussicht, durch ein solches Ding mit den Bewohnern von Evergrene zu sprechen – allein die wohlmodulierte Stimme von Eric Lawrence zu hören –, wahrscheinlich mehr fürchtete als Hitlers Bomben.

Möglicherweise machte sich das Ehepaar Lawrence auch naive Vorstellungen – was Ronnie aber niemals auch nur hätte andeuten können – von London und dem Zustand vieler seiner öffentlichen Telefonzellen.

Mr Lawrence hatte sich, auch das aus seinem Wunsch heraus, einen Beitrag zu leisten, als Luftschutzwart gemeldet. Dazu zog er eine Uniform und einen Helm an und ging jede zweite Nacht, abwechselnd mit einem anderen Luftschutzwart, in die Dunkelheit hinaus und hielt Wache. Aber während London und andere Städte arg betroffen waren, blieb ihr Landesteil von Bomben verschont. Manchmal dachte Ronnie, Mr Lawrences Uniform sei ein Hokuspokus, ein Verkleidungskostüm. Das Ganze kam ihm wie ein Schwindel vor. Und Eric Lawrence selbst blieb aus seiner Zeit als Luftschutzwart hauptsächlich die Erinnerung an einen fast gespenstischen nächtlichen Frieden. Auf seinen Patrouillen, bei denen er nach ordnungswidrigen Lichtschlitzen Ausschau hielt, sah er zum Himmel hinauf, aus dem angeblich ein echter Höllenzauber niedergehen konnte, der aber wegen der Verdunklung ein einziges überwältigendes Sternenzelt war.

Ihm ging es nicht anders als Ronnie, denn auch er konnte sich nicht vorstellen, dass große Teile von London in Flammen standen.

Ronnie kam in die Dorfschule – Mrs Deane musste sich nicht sorgen, dass die Schulbildung ihres Sohnes vernachlässigt würde –, und manchmal, während seines Unterrichts, fuhren Mr und Mrs Lawrence nach Oxford, was auch mit ihrem Beitrag zu tun hatte. Als Ronnie ein wenig älter war, verstand er, dass sie in Ausschüssen arbeiteten und in bescheidenem Maße daran beteiligt waren, eine Organisation aufzubauen, die Oxfam hieß und Flüchtlingen half. Es traf ihn jedes Mal wie ein kleiner Schock, wenn er daran dachte, dass er das ja war, genau genommen – ein Flüchtling.

Gelegentlich fuhr Ronnie mit den Lawrences nach Oxford – es war nicht weit entfernt –, und sie zeigten ihm die Stadt. Es war eine besondere Stadt. Sie hatte sogar eine richtige Universität, und da er jetzt in die Dorfschule ging, sagten Mr und Mrs Lawrence scherzhaft, Ronnie könne später mal sagen, er sei »in Oxford« gewesen, ein Witz, der anfangs völlig an Ronnie vorbeiging.

Oxford war zweifellos ein besonderer Ort, so etwas hatte Ronnie noch nie gesehen, doch das Außergewöhnlichste war am Ende die Tatsache, dass diese Stadt, in der zwar manche Eingänge mit Sandsäcken gesichert waren und Soldaten in den Collegeanlagen ihre Übungen absolvierten, den Krieg fast gänzlich unbeschadet überstehen sollte.

Das war ein weiterer Grund, warum Ronnie als frisch Evakuierter auf die Idee kam, der Krieg sei vielleicht ein Schwindel. Später, nachdem viele andere Fakten ihn von der Wirklichkeit des Krieges überzeugt hatten, erfuhr er von Mr und Mrs Lawrence, dass es in der Nähe von Oxford Munitionsfabriken gab. Trotzdem blieb Oxford unversehrt.

»Ja«, sagte Mr Lawrence, »im letzten Krieg habe ich selbst in einer gearbeitet.« Er sagte das mit einem merkwürdigen Lächeln zu Penny Lawrence hinüber, sodass Ronnie den Eindruck bekam, hier sei schon wieder eine Vortäuschung am Werk. Aber inzwischen hatte er einen Draht dafür entwickelt, dass bei Eric und Penelope alles möglich war.

Die unterschiedlichsten Dinge über sie kamen zutage. Bisher hatte Ronnie nie Gelegenheit gehabt, zwei Erwachsene aus der Nähe zu beobachten und Einblicke in ihre Geheimnisse zu erhalten. Vielleicht war er inzwischen alt genug dafür, trotzdem schien es ihm merkwürdig, dass die Lawrences eine Faszination auf ihn ausübten, die er bei seinen Eltern nicht gekannt hatte. In seinen Jahren als Evakuierter sollte er viel Neues erleben, dieses seltsame Gefühl von Entdeckung und Initiierung aber hatte er praktisch von Anfang an.

Offenbar hatten beide Lawrences »geschäftlich« in Oxford zu tun, dennoch war es nicht ihre Hauptbeschäftigung oder ihre einzige. Anscheinend war Eric Lawrence gelegentlich für andere tätig – als »Buchhalter«. Penny Lawrence hatte einmal im Vertrauen zu Ronnie gesagt, Eric könne gut mit Zahlen umgehen, aber so wie sie es sagte, schien das nur eine von mehreren Fähigkeiten zu sein und keineswegs die wichtigste. Außerdem hatte er natürlich seine Nächte im Freien als Luftschutzwart. Anscheinend konnten die Lawrences in verschiedenste Rollen schlüpfen. Auch darin unterschieden sie sich von seinen eigenen Eltern, über die Ronnie nur sagen konnte, wenn ihn jemand fragte, dass sein Vater Seemann und seine Mutter Putzfrau war. Als müssten sie das für alle Ewigkeit sein.

Es stellte sich heraus, dass Penny Lawrences Großvater früher in Evergrene gelebt hatte, in diesem Haus, und dass Penny als Kind, »als ich so alt war wie du, Ronnie«, oft zu Besuch da war. Dann starb der Großvater, und weil Penny in ihrer Kindheit so gern bei ihm gewesen war, wollte er, dass sie das Haus bekam, und er vererbte es ihr – oder vielmehr ihr und Eric, denn damals waren sie schon verheiratet.

»Das war für uns wie eine günstige Fügung, Ronnie. Ein wahrer Segen.« Ronnie verstand die Bedeutung der beiden Wörter nicht ganz, erfasste aber ihren Geist und behielt sie, weil es schöne Wörter waren – Fügung, Segen – im Hinterkopf.

Natürlich war ihr Bruder Roy sauer, erzählte Penny, weil sie das Haus bekommen hatte, dazu noch eine Menge Geld, denn sie war der Liebling ihres Großvaters gewesen. Aber dann sei Roy – und Penny lachte dünn – nach Kanada ausgewandert und dort zu Wohlstand gekommen, wozu brauchte er also ein Haus in Oxfordshire? Wieder lachte Penny.

Ronnie begriff sehr wenig von alldem – von Kanada wusste er überhaupt nichts, und warum sollte ihn dieser Roy interessieren? –, aber Penny erzählte ihm davon, als wäre er erwachsen und könnte es verstehen. Um diese Zeit fiel ihm auf, dass er dazu übergegangen war, die Lawrences im Kopf Eric und Penny zu nennen, als wären sie so wie seine Freunde in der Schule in Bethnal Green, obwohl sie für ihn Mr und Mrs Lawrence sein sollten. Und bald hatte er das Gefühl, er dürfe sie laut beim Vornamen nennen, obwohl er nie förmlich dazu aufgefordert wurde. Oder zumindest gab es Momente, so glaubte er, in denen er »Mr Lawrence« sagen sollte, und andere, wenn er »Eric« sagen konnte, und er konnte sehr klar zwischen beiden unterscheiden.

Manchmal, wenn Mrs Lawrence, oder Penny, sich mit ihm wie mit einem Erwachsenen unterhielt, zum Beispiel über ihren Bruder Roy, schien ihr plötzlich einzufallen, dass er noch ein Kind war, und dann sagte sie: »Wollen wir lieber eine Runde Mühle spielen?«

Es gab einen ganzen Schrank voller Spiele. Spiele!

Oder aber – was viel interessanter war – sie sah ihn plötzlich mit einem ganz weichen Ausdruck an, den Ronnie zu seiner Überraschung und völlig richtig als ihren Wunsch deutete, er möge ihr Kind sein, und dieser Ausdruck konnte noch zärtlicher werden und schien beinah zu sagen, dass er ja ihr Kind war – und ihr Wunsch sich erfüllt hatte. Es war ein wunderbarer Gesichtsausdruck, und ebenfalls wunderbar war es zu sehen, wie er von einem zum anderen überging. Viel besser als Mühle zu spielen.

Diese Gespräche – und Spiele und Blicke – fanden statt, wenn Mr Lawrence allein nach Oxford fahren musste. Nachmittags, wenn Ronnie aus der Schule kam, saßen er und Mrs Lawrence eine Stunde oder so zusammen. In ihren Gesprächen (obwohl Ronnie hauptsächlich zuhörte) gab es immer eine kleine Enthüllung. Zum Beispiel sagte Penny einmal, Mr Lawrence würde bis in den Abend hinein in Oxford bleiben und erst spät zurückkommen. Der Grund dafür sei, dass er eine Vorführung habe. Eine *Vorführung*? Ronnie glaubte sicher, Mrs Lawrence sage das im Scherz und fordere ihn zu der Frage heraus: »Was für eine Vorführung?« Also fragte er nicht, denn damit wäre er ja in die Falle getappt.

Andererseits mochte er es, wenn Mrs Lawrence sich einen Scherz mit ihm erlaubte, und anscheinend fand auch Mrs Lawrence Gefallen daran. Tatsächlich kam Mr Lawrence an diesem Abend erst spät nach Hause, und Ronnie, der längst im Bett lag, aber von den Geräuschen unten im Haus aufgewacht war (von dem Auto, das in die Garage gefahren wurde), hörte deutlich, wie Mrs Lawrence sagte: »Wie ist es gelaufen, Schatz?« Und wie Mr Lawrence antwortete: »Ganz gut.«

Solche Einblicke in das Leben von Erwachsenen hatte Ronnie früher nicht gehabt. So etwas gehörte eher ins Kino, und im Kino war er erst zweimal in seinem Leben gewesen.

Aber es gab auch andere Einblicke. Oft trug Penny Lawrence eine lange, weite Strickjacke mit großen Taschen, und in diese Taschen schob sie ihre Hände und wackelte dann mit ausgestreckten Armen so, als wollte sie sich Flügel wachsen lassen. Oder einfach, weil es ihr Spaß machte. Sie war dann wie ein junges Mädchen. Ein Mädchen! Er konnte sich deutlich vorstellen, wie sie so, mit den Händen wackelnd in den Taschen, herumgegangen sein musste – als Kind in genau diesem Haus, vor ihrem Großvater und ihrem eingebildeten Bruder Roy –, und diese Angewohnheit hatte sie nie abgelegt.

Ronnie mochte Penny mit der Zeit immer mehr – und er begann zu verstehen, wie Eric Lawrence sie mochte. Ronnie mochte auch Eric. Manchmal fragte er sich, aber das ließ er schnell wieder, was seine Mutter denken würde, wenn sie ihn mit Penny Lawrence im Gespräch sehen könnte.

Seine Mutter hatte er sich nie als Mädchen vorstellen können.

Kurz nach seiner Ankunft in Evergrene wurde ein Postkartensystem eingeführt. Seine Mutter schrieb beispielsweise: »Hier alles in Ordnung – Liebe Grüße, Mum.« Und Ronnie schrieb zurück: »Hier alles in Ordnung – Liebe Grüße, Ronnie.« Er konnte das nicht wissen, aber diese Postkarten ähnelten denen, die Soldaten nach Hause schrieben und die wegen der Zensur auf das Wesentliche beschränkt bleiben mussten.

Ronnie wurde von Mr Lawrence ermutigt, mehr zu schreiben und von seinem Leben in Evergrene zu erzählen oder von seinem Ausflug nach Oxford, aber dazu war Ronnie nicht aufgelegt. Er wollte, dass sein »Hier alles in Ordnung« nicht mehr aussagte als genau das – obwohl ihm unter Hüsteln und verlegenem Zögern nahegelegt wurde zu schreiben, dass Mr und Mrs Lawrence »sehr nett« seien. Das stimmte ja auch.

Aber wie sollte er seiner Mutter erzählen, dass Eric und Penny manchmal Gäste hatten, andere Erwachsene, die einen Abend – einen Abend, an dem Eric nicht als Luftschutzwart eingeteilt war (und auch keine »Vorführung« hatte) – bei ihnen verbrachten. Er lag dann im Bett und konnte sie reden und lachen hören. Und einmal, am Anfang eines solchen Abends, holten sie ihn im Schlafanzug nach unten, um ihn vorzustellen oder vorzuzeigen, und als er wieder nach oben ging, hörte er, wie einer der Gäste sagte, es war eine Frauenstimme: »Was für ein reizender kleiner Junge.« Und er hörte Penny Lawrence sagen: »Ja, das ist er.«

So war er noch nie genannt worden, reizend, und er hatte sich auch nie vorgestellt, jemals so genannt zu werden.

Aber das Erstaunliche war, dass die Gäste, die ja lediglich zu einem netten Abend bei Mr und Mrs Lawrence gekommen waren, sich schön angezogen hatten, vor allem die Frauen, sie trugen schöne Kleider und Halsketten und funkelnde Ohrringe und hatten etwas mit ihrem Haar angestellt (hier konnte man sich Penny nicht in ihrer ausgebeulten Strickjacke mit der Wackelnummer vorstellen). Alle waren verwandelt, so schien es Ronnie, die Frauen waren plötzlich schön, die Männer attraktiv, und alle waren reizend – ja, das war genau das richtige Wort. Alle waren reizend und hatten ein Glas in der Hand. War das gemeint, wenn von einer Vorführung die Rede war?

In der Ecke des Wohnzimmers (wie er es jetzt nannte) stand ein Tisch, den er bisher noch nicht gesehen hatte. Der Tisch war quadratisch und die Tischfläche von einem leuchtenden Grün. Darauf lagen zwei Kartenspiele in ordentlichen Stapeln, aber damit nicht genug. Es gab da auch einen Zylinder. Ja, einen Zylinder. Nicht, dass Ronnie viele davon gesehen hätte, aber er irrte sich nicht. Der Zylinder stand umgekehrt, mit der Krempe nach oben, und sah aus, als könnte er als Behältnis für alles Mögliche benutzt werden.

Ronnie nahm all das in sich auf, während er selbst einen kurzen Moment lang zu einem Ausstellungsstück wurde. Die

Menschen im Wohnzimmer wünschten ihm Gute Nacht, und er schaffte es, auch Gute Nacht zu sagen, dabei musste er bei dem Grün der Tischfläche an den Namen des Hauses denken, in dem er jetzt lebte, Evergrene, und wie erstaunlich all das war, obwohl er sich langsam daran gewöhnte.

In Evergrene war nicht einfach nur »alles in Ordnung«, es war fantastisch. Aber das zu sagen, hätte seine Mutter (das spürte er deutlich) kränken können, außerdem lag es nicht in seinem Interesse zu erklären, dass er ein Leben im Luxus führte. Zudem vermutete er, wenn seine Mutter »Alles in Ordnung« schrieb, war auch das nicht die ganze Wahrheit. Wie auch, wenn die Bomben auf London fielen? (Fielen sie wirklich?) Und er erinnerte sich noch sehr gut daran, wie seine Mutter einmal behauptet hatte, ein Papagei sei entflogen, obwohl sie ihn für einen sauberen Profit verkauft hatte.

Dennoch erfüllten die Postkarten ihre Funktion: Beide hatten so die Bestätigung, dass der andere noch am Leben war. Mr und Mrs Lawrence schrieben auch an seine Mutter, das wusste Ronnie, und er hatte keinen Einfluss darauf, was in ihren Briefen stand. Vielleicht erstatteten sie über ihn Bericht. Eine Weile lang erwogen die Lawrences – auch das war Ronnie bekannt –, Mrs Deane einzuladen. Sie könnte ihren Sohn besuchen, unter Umständen bei ihnen wohnen. Vielleicht sogar *für die Dauer*. Wäre das nicht insgesamt die beste Lösung?

Diese Vorschläge schwebten vorübergehend wie eine Wolke über Ronnies ansonsten euphorischem Leben, und er empfand große Erleichterung, als sie verworfen wurden. Mit der Zeit erfuhr er, dass seine Mutter nur selten auf die Briefe von Mr und Mrs Lawrence antwortete, und wenn, dann ganz kurz. Mr und Mrs Lawrence wunderten sich darüber.

Ronnie machte die Erfahrung, dass er sich, obwohl er ein

kleiner Junge war, mit manchem besser auskannte als seine um vieles älteren Gasteltern.

Allmählich wurde der Postkartenaustausch seltener. Unterdessen galt es als abgemachte, ja, sogar willkommene Tatsache, dass Ronnie in Evergrene zu Hause war. Er war dort glücklich (glücklicher als je zuvor in seinem Leben), und die Lawrences waren glücklich, ihn bei sich zu haben. Sie umgaben ihn mit liebevoller Freundlichkeit, die, nachdem sie sorgfältig auf ihre etwaigen Grenzen geprüft worden war, jetzt frei fließen durfte.

War das nicht die beste aller Lösungen? Auch wenn man ehrlicherweise die Frage stellen musste, wie all dies sein konnte. Wie konnte man ein Leben haben und es dann einfach gegen ein anderes austauschen?

Ein Beispiel für die liebevolle Freundlichkeit würde Ronnie nie vergessen. Inmitten der verwirrenden Ungewissheit, wer in praktischer Hinsicht als seine Eltern galten, fiel es den Lawrences zu, Ronnie mitzuteilen, dass sein echter, sein wahrer und so oft nicht anwesender Vater gestorben war.

Wie Eric und Penelope davon erfahren hatten, wusste Ronnie nicht, aber beide Ehepartner waren sich im Klaren darüber, dass sie die Überbringer dieser Nachricht sein mussten und sie sich, obwohl sie keine Erfahrung als Eltern hatten, dafür aber die ihres Alters, auf die Folgen einstellen mussten.

Sie waren von Ronnies Reaktion, vielmehr dem Mangel daran, überrascht, von seiner stummen, gefassten Haltung, als hätte dies nichts mit ihm zu tun oder als wäre die Nachricht einfach nicht zu ihm durchgedrungen. Womöglich lag das an dem Schock.

Vielleicht, und das war möglicherweise ihre Schuld, wusste der arme Junge nicht, was er glauben sollte.

Sein Vater war »auf See vermisst«. Das war der offizielle Ausdruck, mit dem die Tatsache vermittelt und gleichzeitig vernebelt wurde. Die Lawrences hatten aus wohlerwogenen Gründen eine präzisere Formulierung vermeiden wollen. War also die Mitteilung eingesunken? Die Frage so zu formulieren, schien an sich schon unpassend.

Erst als Eric Lawrence an dem Abend zu Ronnie ins Zimmer kam, um ihm Gute Nacht zu wünschen und sich zu überzeugen, dass bei ihm alles in Ordnung sei, brachen sich Ronnies Gefühle Bahn, und dann mit einer Heftigkeit, die ihn selbst überraschte. Er lag im Bett und musste, so Mr Lawrences Gedankengang, die lange, dunkle Nacht allein überstehen, während er vielleicht allmählich begriff, dass sein Vater nie wieder eine Seereise machen würde. Und vielleicht würde Ronnie nicht schlafen können.

Also war Mr Lawrence nach oben gegangen und hatte sich zu Ronnie auf die Bettkante gesetzt. In einem der nie geschriebenen Briefe hätte Ronnie vielleicht erwähnt, dass es ein sehr schönes und bequemes Bett war, das einen hellgrünen Überwurf hatte und in einem sehr schönen Schlafzimmer stand, und dass die Vorhänge, die jetzt allerdings in zweiter Reihe vor den Verdunklungsvorhängen hingen, farblich zu dem Bettüberwurf passten. Vom Fenster aus hatte man einen Blick über den großen Garten.

Von alldem hatte Ronnie seiner Mutter nie erzählt, und Mr Lawrence war vermutlich die Winzigkeit der Schlafkammern in Bethnal Green unvorstellbar. Aber er fragte sich, ob Ronnie womöglich nicht nur an seinen Vater dachte, sondern auch an seine Mutter, und ob sie (es war Oktober 1940, fortwährend wurden Bombenangriffe auf London geflogen) schlafen konnte.

Mr Lawrence legte Ronnie die Hand auf die Stirn. Es war eine spontane Geste, vielleicht weniger aus einem väterlichen

Gefühl heraus als vielmehr die eines Arztes, der fühlt, ob der Patient Fieber hat, aber Ronnie dachte unwillkürlich, dass sein Vater nie solche Zärtlichkeit gezeigt hatte, obwohl er vielleicht dazu imstande gewesen wäre.

Die Hand auf der Stirn löste in Ronnie ein seltsames Prickeln aus.

»Versuch zu schlafen, Ronnie. Das ist das Beste. Schlaf einfach.«

Schon hatte Ronnie das Gefühl, dass seine Augenlider schwer wurden, doch dann fügte Mr Lawrence hinzu: »Vielleicht hilft es dir, wenn du dir vorstellst, dass er auch schläft. Dass er bei den Fischen schläft.«

Es waren diese Worte, die Vorstellung, dass er und sein Vater einfach schliefen, oder vielleicht war es eher das Bild von den vielen glitzernden Fischen, worauf in Ronnie – jedoch erst, nachdem Mr Lawrence ihn auf die Stirn geküsst und leise das Zimmer verlassen hatte – die Tränen aufstiegen und zu fließen begannen. Er konnte sie nicht zurückdrängen, sie liefen und liefen und benetzten sein Gesicht, dann schlief er ein. Und vielleicht war sein letzter Gedanke, bevor der Schlaf ihn übermannte, dass seine Tränen wie das Salzwasser des Meeres waren, wenn auch nur ein kleiner Teil davon, an dessen Grund sein Vater lag und schlief.

Warum hatte er geweint? Um seinen Vater, zweifellos, aber auch aus einer großen, ihn überflutenden Verwirrung heraus – verwirrend und doch sanft und freundlich. Wegen der außerordentlichen Verwandlung, die sich in seinem Leben vollzogen hatte. Um den Jungen, der zuvor, auf der Zugfahrt, geweint und nicht gewusst hatte, dass ihm all dies widerfahren würde – der damals nach seiner Mutter geweint hatte, nach der er jetzt nicht weinte. Er weinte aus einem Schuldgefühl heraus und der Bestürzung darüber, dass er um seinen Vater weinen konnte, während schon ein anderer als Ersatz da war. Aus überströmender Dankbarkeit, dass er hierhergeführt worden und inmitten solcher Großherzigkeit angekommen war.

Aber da war noch mehr. Mehr als diese verwirrende Wohltätigkeit. Denn er hatte inzwischen seine eigene Bestimmung im Leben entdeckt. Er hatte nämlich entdeckt, oder es war ihm enthüllt worden, dass Mr Lawrence, zusammen mit seiner Frau, nicht nur Besitzer eines verzauberten Landhauses mit dem Namen Evergrene war, sondern dass er auch – trotz der zur Zeit beschränkten Arbeitsmöglichkeiten, schließlich war Krieg: »Es gibt nicht viel Bedarf, Ronnie« – ein versierter Zauberer war.

Einmal saßen Ronnie und Eric Lawrence auf der niedrigen Mauer des Frühbeets. Was ein Frühbeet war, wusste Ronnie inzwischen, und nebenbei diente es an warmen Tagen als ideale Sitzgelegenheit. Mr Lawrence trank einen Becher Tee, Ronnie bekam ein Glas Ingwerbier. Das Ingwerbier machten die Lawrences selbst – würde das immer so weitergehen mit den erstaunlichen Entdeckungen? Das Rezept, so erfuhr Ronnie, hatten sie von Ernie, der offenbar Fähigkeiten über das Gärtnern hinaus besaß, an dem Tag aber nirgendwo zu sehen war. Das kannte Ronnie jetzt schon. Manchmal war Ernie da, manchmal nicht.

Nachdem Mrs Lawrence die Getränke in den Garten gebracht hatte, verschwand sie wieder, als wüsste sie, dass gleich ein Gespräch von Mann zu Mann beginnen würde. Immer wenn Mrs Lawrence etwas brachte, manchmal aber auch ohne klaren Grund, sagte sie: »Da wären wir!« Und Ronnie mochte diesen hellen, nachhallenden Satz zu gern. Da wären wir! Wie glücklich. Und wie wahr!

Und tatsächlich hatte Eric Lawrence etwas Besonderes mitzuteilen.

Nach ein paar Schlucken Tee machte er einen Schmatzer und ließ den Blick schweifen.

»Das Problem in diesem Garten, Ronnie, sind die Kaninchen. Sie fressen alles auf.«

Das war eine sonderbare Bemerkung, denn obwohl der Garten an Felder und Wald grenzte, hatte Ronnie nie irgendwelche Kaninchen gesehen. Vielleicht hatte er nicht genau hingesehen. Vielleicht war es Ernies Aufgabe, sich mit ihnen zu befassen. Sie hatten schon öfter Kaninchenpastete gegessen – etwas, das Ronnie aus Bethnal Green nicht kannte, das aber auf dem Lande ein normales Gericht in Kriegszeiten zu sein schien.

Einmal, als Mrs Lawrence die Kaninchenpastete auftrug, hatte sie gesagt: »Was würden wir nur ohne Ernie tun?« Und sie hatte Ronnie mit einem so liebevollen Blick angesehen, als sie ihm auftat, dass er beinah dachte, sie hätte gesagt: »Was würden wir nur ohne Ronnie tun?« Ein angenehmer Irrtum, das, wie auch die Vorstellung, er und Ernie hätten womöglich die Plätze gewechselt. Wäre Ronnie älter gewesen, und gebildeter, hätte er vielleicht zu Mrs Lawrence gesagt: »Ja, aber was würden wir ohne deine herrlichen Kochkünste tun?« Und vielleicht hätte sich ihr einen Moment lang die Kehle zugeschnürt.

Aber er hatte im Garten nie Kaninchen gesehen.

Kurz nach dieser deutlichen Beschwerde über die aufdringlichen Kaninchen sagte Mr Lawrence plötzlich: »Ach du liebes bisschen!« Er benutzte manchmal solche lauschigen Ausdrücke – so ähnlich wie, wenn Mrs Lawrence sagte: »Da wären wir!« Und sie machten Ronnie seine eigenen stummen Ausrufe »Heilige Scheiße!« umso eindringlicher bewusst.

»Du liebes bisschen«, sagte Mr Lawrence, »da sind welche von den Viechern.«

Ronnie suchte mit seinen Blicken den Garten ab – das Gemüsebeet, den Rasen –, konnte aber kein einziges Kaninchen entdecken.

»Nein, Ronnie, ich meine die hinter dir.«

Ronnie drehte sich um, und da, in der gemauerten Umrandung des Frühbeets, unter den halb geöffneten Glasabdeckungen, saßen zwei, drei – nein, vier Kaninchen. Und ein jedes schneeweiß. Als hätte es einen bemerkenswerten und örtlich begrenzten Schneefall gegeben. Nur dass der Schnee lebendig war.

Gerade waren die Kaninchen noch nicht da gewesen. Sie waren wirklich nicht da gewesen. Sie schienen nicht im Mindesten scheu und knabberten stillvergnügt an ein paar knackigen Salatblättern.

»Jetzt weißt du, wovon ich spreche«, sagte Mr Lawrence lässig. Dann, plötzlich, sagte er: »Was war das?«, und zeigte auf etwas, das anscheinend durch die Luft flog. Ronnies Blick folgte unwillkürlich dem ausgestreckten Zeigefinger.

»Guck noch einmal, Ronnie. Dreh dich um.«

Die Kaninchen waren verschwunden.

Das war der Anfang. Vielleicht sogar – nachdem es bereits mehr als einen Anfang gegeben hatte – der wahre Anfang seines Lebens.

»Möchtest du wissen, wie das gemacht wird, Ronnie? Wüsstest du gern, wie das geht?« Mr Lawrence trank wieder von seinem Tee. »Immer ein Schritt nach dem anderen, versteht sich.«

Und so begann Ronnies Zeit als »Zauberlehrling«, wie Jack Robbins später sagte. Und so kam es auch, dass Ronnie Jahre später, nachdem er mit hartnäckiger und einsamer Entschlossenheit, aber ohne großen Erfolg, seinem »Ruf«, wie er es nannte, gefolgt war, auf Jacks Rat hin eine Anzeige in zwei einschlägigen Blättern veröffentlichte.

»Zauberer sucht Assistentin. Junge Dame bevorzugt. Bühnenerfahrung Voraussetzung.«

Und Evie White hatte sich beworben.

In den vielen Jahren dazwischen war Ronnie dank Mr Lawrences exklusiver Unterweisung zu einem vielversprechenden und fähigen Zauberer geworden, aber Mr Lawrence hatte immer wieder betont, dass der Weg, den Ronnie beschritt, lang und nicht unbedingt einträglich sei ... hatte er sich das auch gut überlegt? (Ronnie hatte keine Zweifel.)

Mr Lawrences Unterweisungen konnten nicht endlos weitergehen. Ihre Dauer war vom Krieg bestimmt. Das betraf auch andere Dinge, die mehr Kopfzerbrechen verursachten als die Zauberkunst. Denn mit dem nahenden Ende des Krieges trat eine neue Beunruhigung in Ronnies Leben, die Umkehrung dessen, was ihn aufgewühlt hatte, als seine Mutter ihn zum Bahnhof Paddington gebracht und in ein ungewisses Schicksal entlassen hatte, und viel komplizierter.

Inzwischen war er vierzehn, ein großer Junge. War er noch ein braver Junge? In den Augen der Lawrences bestimmt. War er verändert und gereift? Ja. Einmal abgesehen davon, dass er gelernt hatte zu zaubern – wovon seine Mutter nichts wusste und was gewiss außerhalb ihrer Vorstellungskraft lag –, waren die Jahre in Evergrene seine Bildungsjahre gewesen. Er war auf zwei verschiedene Schulen gegangen und hatte vieles, nicht nur die Zauberei, von Mr und Mrs Lawrence gelernt, die ihrerseits gebildete Menschen waren. Denn ein weiteres Wunder in dem Haus bestand darin, dass es überall Bücher gab.

Ronnie hatte durch seine Zeit in Evergrene ein Gefühl für Dinge entwickelt, einen Geschmack für Dinge, der ihm bei seiner Rückkehr nach London – er hatte Erinnerungen an früher und konnte es deshalb wissen – auf bestürzende Weise fremdartig vorkommen würden. Das wäre jedoch nur seine Seite.

Er konnte das Ganze auch, obwohl er das nicht wollte, von dem Blickpunkt seiner Mutter aus betrachten. Er »sitze wohl auf dem hohen Ross«, würde sie möglicherweise höhnen, und »halte sich für etwas Besseres« – dabei war sie es gewesen, die ihn zur Schule gebracht und ihm versichert hatte, da sei der Weg zu einem besseren Leben zu finden. Gut möglich, dass sie sich von diesen über sie erhabenen Ersatzeltern einfach gedemütigt fühlte. Getarnt als jemand, der schutzbedürftig war (natürlich war es ihre Entscheidung gewesen), hatte er sie, gewissermaßen, im Stich gelassen.

Nicht nur das, sie war jetzt außerdem Witwe. Sie hatte die Bomben überlebt und in Schutzräumen gezittert, während er nicht nur echten Schutz gefunden, sondern auch – was sie jetzt noch nicht wusste – ein privilegiertes, ja, ein verzaubertes Leben geführt hatte.

Gedanken wie diese begannen an ihm zu nagen. Der Krieg ging zu Ende, und Ronnie wünschte sich, auch das unter Schuldgefühlen, er möge weitergehen, oder andere Gründe ließen sich finden, warum er seine Zeit in Evergrene verlängern konnte und nicht zu seiner Mutter zurückkehren musste.

Insgeheim wünschten sich auch Mr und Mrs Lawrence, er könne bei ihnen bleiben, und wäre es möglich gewesen, hätten sie das in die Wege geleitet. Sie hatten sich an ihn gewöhnt, an ihren kleinen Ronnie – dabei war er so klein gar nicht mehr. Bald würde er ihnen genommen.

Selbst die Zauberkunst konnte da nicht helfen, so schien es. Sie konnte erstaunliche Verwandlungen bewirken, die grundlegenden Fakten des Lebens verändern konnte sie jedoch nicht. Das war eine Lektion, die ein Zauberer am Anfang seiner Laufbahn tunlichst beherzigen sollte. Vielleicht hatte Mr Lawrence sich bemüht, sie Ronnie mit auf den Weg zu geben. Möglich war aber auch, dass Mr Lawrence selbst Angst hatte, aus dem

Traum zu erwachen, in dem er ein Kind – einen Schützling, einen Schüler – hatte. Oder Angst davor, Ronnies sprießende Ambitionen zu zerschlagen.

An einem Tag im Juni 1945 bestieg Ronnie Deane in Oxford, einer bemerkenswert unversehrt gebliebenen Stadt, einen Zug, der ihn in eine Stadt voller Trümmer bringen würde. Und jetzt waren Mr und Mrs Lawrence diejenigen, die beim Abschied unter Tränen winkten.

Ronnie kehrte in eine verwandelte Stadt zurück – was um alles in der Welt war hier passiert? – und zu einer Mutter, die ebenfalls beschädigt und verändert war und die, wenn schon nicht zerstört oder in ihrem Wesen eine andere, so doch verhärtet war.

Und welchen Eindruck machte er nach sechs Jahren Abwesenheit auf sie? Hatte er sich entwickelt, dazugelernt? War er verweichlicht? Sogar ein bisschen weich in der Birne?

Für Unsinn jedenfalls hatte sie keine Zeit. Er war fast fünfzehn, und da die Ereignisse seine Schulbildung unterbrochen hatten, war er jetzt in der bedauernswerten Lage, dass er zwar keine Abschlüsse hatte, aber Geld verdienen musste. Und? Wie stellte er sich das vor?

Ronnie, verzärtelt durch die lange Abwesenheit von der Großstadt, hatte eine unschuldige Antwort und gab naiv sein Geheimnis preis.

»Zauberer, Ronnie? Zauberer? Das kann nicht dein Ernst sein! Das soll wohl ein Witz sein!«

Sprache und Gebaren seiner Mutter nahmen an Schärfe zu. Herr im Himmel, dachte sie, war es nicht schon schlimm genug, dass sie mit einem Seemann verheiratet gewesen war? Ronnie musste ihren Gedanken gelesen haben, denn plötzlich begriff er: Glich er nicht seinem Vater, der sich mit einer langen Reise dem Geschehen entzogen hatte und jetzt zurückkehrte?

»Herrgott, Ronnie! Ich fass es nicht!«

Dann sagte seine Mutter etwas, das er nie aus ihrem Munde gehört hatte und das in ihrer Gegenwart niemals über seine Lippen kommen würde, obwohl er es stumm oft genug gesagt hatte, sogar in gebildeten Kreisen.

»Heilige Scheiße, Ronnie! Zauberer! Was soll der Mist, verdammt?«

Kein Zweifel, er war wieder zu Hause, er war in London, und das war sein Willkommensgruß.

Nach dieser Explosion brach seine Mutter in Tränen aus. Ein vertrauter Kreislauf. Aber sie wollte nicht getröstet werden. Es war nur eine andere Methode, Dampf abzulassen. Hart geworden? Hart wie ein Stein, selbst wenn er von Wasser überströmt wird. Beinah wäre Ronnie selbst in Tränen ausgebrochen, aber er war fast fünfzehn, da ging das nicht.

Doch das war nicht alles. Das war nur das anfängliche Zurückstutzen. Das kleine Haus in Bethnal Green – wie klein es ihm vorkam – umgab ihn wie ein Gefängnis. Es war weitgehend unverändert, auch unbeschädigt (andere Häuser in der Straße waren verschwunden), und dass es demütig solche Standfestigkeit bewies, wie seiner Mutter auch, hätte ihn beeindrucken können. Aber er fühlte sich eingesperrt. Er hatte Schuldgefühle – wie auch nicht, schließlich kehrte er in eine Gefängniszelle zurück. Für ihn als kleiner Junge war es sein Zuhause gewesen und für kurze Zeit das Zuhause eines Papageis, der, wenn man der schamlosen Lüge seiner Mutter glaubte, entflogen war. Aber jetzt hatte sie recht, gekränkt zu sein.

Wie sehr, dachte er, glich sein Schicksal dem des eingesperrten Vogels!

Es folgte ein Jahr, in dem Mutter und Sohn – irgendwie – ein Zusammenleben versuchten. Die unumstößliche Tatsache war, dass sie einander nicht kannten. Oder vielmehr kannte Mrs Deane ihren Sohn nicht wieder, und das musste Ronnie akzeptieren. *Sie* war nicht weggewesen, *sie* war dageblieben. Sie arbeitete immer noch als Putzfrau. Er hingegen sehnte sich nach den Lawrences und allem, was er jetzt nicht mehr hatte. Das verstand sie nicht, und hätte sie es verstanden, hätte sie kein Mitgefühl gehabt. Aber sie wusste, dass er ein anderes Zuhause gefunden hatte, ein anderes, besseres Leben. Das empfand sie gleichermaßen als beschämend und schmerzlich.

All das war ihm bewusst. Er hatte ihr das angetan. Aber er war lediglich als Unschuldiger (und zum Glück nicht als Opfer) in eine große historische Notsituation hineingeraten. Er empfand sich – was für ein schreckliches Eingeständnis – gegenüber seiner eigenen Mutter als Fremder. Sie kannten sich nicht? Mehr noch, sie gehörten nicht zusammen. Ja, sie sagten sich voneinander los.

Es folgte eine Zeit, in der Ronnie abermals »von zu Hause wegging«, obwohl er nie weit von Bethnal Green entfernt war, und manchmal schlich er sich, zu seinem eigenen Unbehagen, zurück, schließlich musste er irgendwo schlafen. Hätte er sich zu den Lawrences zurückstehlen können und hätten sie ihn willkommen geheißen? Ja, unter Schwierigkeiten, aber ja – mit großer Freude.

Doch Ronnie wusste – er war jetzt sechzehn, bald siebzehn –, dass er auf eigenen Füßen stehen musste.

Es waren seine Wanderjahre, eine Zeit, die sich von allem, was vorher gewesen war, unterschied und in der er sich mit einfachsten Tätigkeiten an Theatern einen Hungerlohn verdiente. Er lernte dabei, wie man dort arbeitete, und manchmal ließ er durchblicken, dass er selbst auch etwas zu bieten hatte – also, auf der Bühne. So erfuhr er, was es bedeutete, da oben zu stehen, was sie von einem verlangte und wie hart ihre Bretter sein konnten. Dazu wurde er in das umfassende Geflecht des Theaters eingeweiht, das komplexe, unbeständige Netz von Verbindungen. Er lebte, wo er Platz fand, schlief an sonderbaren Orten und – schließlich war er ein junger Mann – mit jedem Mädchen, das ihn nahm und ihm helfen konnte. Oder umgekehrt. Mit jedem Mädchen, und es gab etliche in diesem rauen, glitzernden, hoffnungsvollen, trügerischen, theaterversessenen, undankbaren, magischen Betrieb.

Es sei ein hartes Geschäft, hatte Eric Lawrence gesagt. War Ronnie dazu bereit? Eric hatte über die Doppeldeutigkeit seiner eigenen Worte gelächelt. »Es gibt keine Zauberstäbe, Ronnie. Es gibt welche, und es gibt sie auch wieder nicht. Verstehst du, was ich meine?« Zeit und Entschlossenheit seien nötig, hatte Eric Lawrence erklärt und mit Nachdruck hinzugefügt, Ronnie habe die Grundzüge der Zauberkunst erlernt, jetzt müsse er lernen, dass sie ihn ins Unterhaltungsgeschäft führte.

Zauberei und Entertainment waren nicht immer dasselbe, aber er musste sie miteinander verbinden, wollte Ronnie seinem Ruf ernsthaft folgen. Außerdem bedeutete Entertainment, dass man den Menschen gab, was sie wollten, und nicht unbedingt das, was er selbst wollte und wozu er in der Lage war. Es bedeutete, das Publikum zu verstehen und sich vor ihm (»in jeder Beziehung, Ronnie«) zu verneigen. Aber vor allem bedeutete es, dass man lernte, was es mit »den Brettern« auf sich hatte. Und das könne er Ronnie in Evergrene nicht beibringen.

Also musste Ronnie diese Erfahrungen selber machen.

Doch damit Ronnie von all diesen Ermahnungen nicht zu sehr entmutigt wurde, sagte Eric Lawrence dann: »Du brauchst einen Künstlernamen. Auf der Bühne brauchst du einen Namen – so wie ich Lorenzo war. Welchen Namen möchtest du dir zulegen?«

Als hätte er die Frage allein der Form halber gestellt, ließ er nur eine kurze Pause für Ronnies Antwort (der ohnehin keine Idee hatte).

»Ich finde, du solltest dich ›Pablo‹ nennen, was meinst du? Findest du nicht, dass Pablo ein guter Name für dich wäre?«

Wie konnte Mr Lawrence das wissen? Wusste er es denn? Ronnie hatte den Papagei nie erwähnt. Selbst als sein Vater starb – vielleicht danach mit noch größerer Entschlossenheit –, hatte er nie von dem Papagei gesprochen, den es immer noch irgendwo in einem Käfig geben musste, bei einem neuen Besitzer oder einem Tierhändler (wie überstanden Tierhändler den Krieg?). Oder er war, falls es ihm doch gelungen war zu entfliegen, an einem anderen Ort, den nur er selbst kannte.

»Wo ist Pablo? Da bin ich!«

Oder vielleicht – aber darüber wollte Ronnie nicht nachdenken – war er umgekommen, ein Opfer feindlicher Angriffe. Ein Papagei im Käfig wäre möglicherweise der Erste, der zu leiden hätte und sogar brutal geopfert würde, wenn die Bomben pfeifend auf Menschen fielen.

Aber natürlich hatte Eric Lawrence einen anderen Grund.

»Das ist doch dein zweiter Vorname, Ronnie, oder? Dein richtiger Name. Paul. So wie mein richtiger Name Lawrence ist. Ich habe mich für ›Lorenzo‹ entschieden. Aber ich finde, ›Pablo‹ klingt besser, meinst du nicht?«

Wäre es mit seiner Karriere als Zauberer weitergegangen, wenn er sich einfach »Ronnie« genannt hätte?

Dann kam die Zeit des Militärdienstes, und er wurde eingezogen. Das mit Pablo und anderen Namen war schön und gut, aber jetzt war er der Gefreite Deane und bekam eine Nummer.

Er hatte das Glück, seine Militärzeit recht bequem und mit wenig soldatischen Tätigkeiten absolvieren zu können, das Zaubern gehörte freilich nicht dazu.

Und wenigstens war seine Mutter halbwegs ausgesöhnt. Endlich hatte er eine ordentliche Arbeit und bekam regelmäßig seinen Lohn, von dem er ihr pflichtbewusst abgab. Und vielleicht würden anderthalb Jahre in der Armee den ganzen Zauberunsinn aus seinem Kopf vertreiben und ihn auf den Boden der Tatsachen zurückholen.

Während seiner Militärzeit konnte er am Wochenende sogar nach London fahren und seine Mutter besuchen. Der Armee war es zu verdanken, dass sein Leben in so gewöhnlichen Bahnen verlief wie nie zuvor. Und er lernte sogar dazu und wurde auf den Umgang mit der überwältigenden Normalität des Lebens vorbereitet und darauf, wie man ein braver kleiner Bürojunge wurde. Aber woraus seine militärischen Pflichten in Wirklichkeit bestanden, verschwieg er seiner Mutter (»Na ja, das Übliche. Marschieren und so.«), und er erzählte weder ihr noch Jack von den Wochenenden, die er bei den Lawrences verbrachte. Er nahm dann einen anderen Zug. Von Bournemouth gab es eine günstige Verbindung.

Meine Güte – Gefreiter Deane. Wie erwachsen ihr kleiner Ronnie geworden war! Während des ganzen Krieges hatte er hier bei ihnen gelebt, und jetzt war er selbst Soldat. Er setzte sich wieder auf die niedrige Mauer des Frühbeets. Auch Ingwerbier gab es noch. Tranken Soldaten Ingwerbier? Mrs Lawrence hatte sich diese Frage vielleicht selbst gestellt und Bier von der Marke White Shields gekauft. Woher wusste sie, dass das schon jetzt sein Lieblingsbier war? Später trank er es im Walpole.

Seiner Mutter erzählte er, dass er an den Wochenenden, die er bei den Lawrences verbrachte, zu Sonderübungen musste.

Das war nicht gelogen. »Übung« war ein praktisches Wort. Für ihn selbst war es eher ein »Auffrischungskurs«.

Beim Militär hatte er Jack Robbins kennengelernt, später als der Flinke Jack bekannt. Die meisten freien Wochenenden verbrachte er mit Jack in London, wo sie sich auf verschiedenste Unternehmungen einließen. Manchmal gingen sie einfach ihrem Vergnügen nach, manchmal waren es auch nützliche Geschäftsunternehmungen. Hätte er Jack seiner Mutter vorstellen sollen? Hätte Jack sie umgarnen und von den mannigfaltigen Reizen einer Karriere im Unterhaltungsgeschäft überzeugen können?

Oder wäre es selbst Jack schwergefallen, sie für sich einzunehmen? Aber Ronnie lernte umgekehrt Jacks Mutter auch nicht kennen. Es war nicht gerade das, womit Wehrdienstleistende ihre freien Wochenenden verbrachten – mit Besuchen bei den Müttern ihrer Freunde.

Sie taten sich zu einem Doppel zusammen, das von kurzer Dauer war und erfolglos blieb. »Jack und Pablo«? Nein. »Pablo und Jack«? Auch nicht. »Die zwei Amigos«? Ja, aber nicht lange. Es war eine vernünftige und freundschaftliche Trennung.

Und so gingen Ronnies Wanderjahre in der Wildnis des Westends und in den Schuppen der Provinz weiter, während Jack erste Erfolge hatte, sich zum Flinken Jack wandelte und es zu etwas brachte, bis er eines Tages seinem alten Freund – und Amigo – anbot, wenn der sich eine Assistentin zulegte ..

Leicht gesagt, und vielleicht war er selbst schon darauf gekommen. Da war nur ein Haken.

Doch dann starb Eric Lawrence. Die Lawrences waren keineswegs alt, andererseits waren sie auch keine jungen Leute mehr. Eric Lawrence erwähnte manchmal – ein weiterer Grund, warum er der Bühne den Rücken gekehrt hatte – sein schwächelndes Herz. Sein Tod war ein Schlag, der eine riesige Kluft in Ronnies Welt riss und zugleich Klärung bedeutete – Zauberer starben –, und während Ronnie seine Trauer vor seiner Mutter verborgen hielt, war er, auch das im Verborgenen, zu Penny Lawrence gefahren, um sie zu trösten und bei der Beerdigung an ihrer Seite zu sein. Er dachte wieder an den Abend, als er vom Tod seines Vaters erfuhr und Eric Lawrence zu ihm ans Bett gekommen war, um ihn zu trösten, und dann das Zimmer verlassen hatte. Wie er plötzlich von einer Tränenflut überwältigt worden war.

Auf die Anzeige meldete sich Evie White.

Wie ein Geschenk (obwohl sie nicht vorhatte, irgendwelche Dienstleistungen umsonst anzubieten), war sie in das Leben von Ronnie Deane getreten, so wie Ronnie damals wie ein Geschenk in das Leben von Eric und Penelope Lawrence getreten war. Aber davon wusste Evie nichts, auch nichts von dem »Zauberlehrling«, was sowieso nur eine scherzhafte Anspielung von Jack war.

Der Mann, den Evie vor sich hatte, war nicht sehr groß und keineswegs imposant, aber er hatte schönes schwarzes Haar und auffallend dunkle Augen. Etwas ging von ihm aus, das man mit der Zeit schätzen lernte.

Er sagte: »Eine günstige Fügung hat mir einen kleinen Betrag zugespielt, Miss White.«

Das klang ermutigend und interessant – einmal, dass er das überhaupt sagte, und dann, dass er es so schnell nach der Begrüßung sagte. Das wäre nicht nötig gewesen. Sie musste nicht wissen, wovon er ihr Gehalt bezahlen würde, solange er es bezahlte.

Sie brauchte auch nichts Genaueres über diese günstige Fügung zu wissen und wäre zu diesem Zeitpunkt auch nicht so dreist gewesen, danach zu fragen, obwohl sie neugierig war. Deshalb wusste sie auch nicht – würde es aber mit der Zeit erfahren –, dass Eric Lawrence, früher als Lorenzo bekannt, gestorben war und Ronnie Deane in seinem Testament (mit Zustimmung seiner Frau) eine beträchtliche Summe sowie einen großen Teil seiner professionellen Ausrüstung vererbt hatte. Auch wusste sie nicht, dass er der Zauberer war, bei dem Ronnie seine Lehre gemacht hatte.

»Fügung«, dachte sie später, war ein bisschen wie das Wort »Zauberer«. Eine Art Hokuspokuswort, das mit allen möglichen Bedeutungen schillern konnte. Jeder konnte behaupten, eine günstige Fügung habe ihm etwas zugespielt. Und wenn man Zauberer war, vielleicht konnte man dann eine aus dem Nichts herbeizaubern.

Das Wort »Zauberer« war es gewesen, das sie an der Anzeige gelockt hatte – Assistentin konnte jede sein –, und deshalb war sie hier an diesem Oktobertag. Mit Zauberei zu tun zu haben. Warum nicht? Einen Versuch war es wert.

Magisch sah dieser Mann allerdings nicht aus, und von einer günstigen Fügung war auch nicht viel zu spüren. So bescheiden von einem »kleinen Betrag« zu sprechen, konnte bedeuten, dass er so klein nicht war, aber ihn überhaupt zu erwähnen, legte die Vermutung nahe, dass Ronnie normalerweise völlig abgebrannt war, und so sah er auch aus. Hatte er schon in Händen, was ihm die günstige Fügung zugespielt hatte?

Andererseits war sie selbst auch abgebrannt. Ein weiterer Grund, warum sie sich vorstellte.

Sie lächelte. »Das freut mich sehr, Mr Deane.«

Sie schlug die Beine übereinander. Immer lächeln, Evie, und pass auf deine Beine auf.

»Junge Dame bevorzugt. Bühnenerfahrung Voraussetzung.« Welches junge Mädchen – welche junge Dame – meldete sich auf eine solche Anzeige. Nicht viele, dem Anschein nach. Sie war allein da. Und sie erfüllte die beiden Voraussetzungen. Singen wurde offenbar nicht verlangt.

Sie trafen sich in einem Probenraum im Obergeschoss des alten Belmont Theatre. War das ein Vorstellungsgespräch, oder sollte sie vorspielen? Anscheinend nur ein Gespräch.

»Ich heiße Evie«, sagte sie. »Nennen Sie mich Evie.«

Irgendwo unter ihnen hörten sie Bühnenarbeiter hämmern. Evie war mit solchen Orten vertraut. Die Räume wurden stundenweise vermietet, wenn die ansässige Truppe sie nicht brauchte. Offenbar hatte er weder ein Büro noch eine anständige Wohnung. Und welches Mädchen wäre schon in ein ärmliches möbliertes Zimmer gekommen? Der Probenraum mit dem Lärm der Zimmerleute wirkte neutral und sicher. Andererseits war sie allein. Auf der Treppe wartete keine Schlange anderer Bewerberinnen, niemand sonst schien sich gemeldet zu haben. Also keine Konkurrenz?

»Tee?«, fragte er. »Ich mache mir selbst auch welchen. Milch? Zucker?«

Worte ohne Zauber, aber die dunklen Augen hatten etwas. Sie hielt es für das Beste anzunehmen.

Er verschwand in einem Kabuff, das vom Flur abging. Falls ihr das hier nicht behagte und sie sich aus dem Staub machen wollte, war dies ein günstiger Moment. Dann wäre er mit den Teebechern in der Hand zurückgekommen und hätte sie nicht mehr vorgefunden. Möglich, dass er von ihrem Zauberakt des Verschwindens beeindruckt gewesen wäre, aber sie hätte auch die Stelle nicht bekommen.

Und ihr Leben wäre völlig anders verlaufen.

»Ich heiße Ronnie«, sagte er. »Nenn mich Ronnie. Da wären wir. Zweimal Tee.«

Er war freundlich, ganz ohne Allüren.

»Ich probe hier regelmäßig. Ein großer Teil meiner Ausrüstung ist hier.«

Ausrüstung?

»Ich hatte einen Auftritt in einer ihrer Shows. Ein Entgegenkommen der Leute hier.«

Der Raum war karg mit einer Dachluke. Ein paar Stühle, ein Tisch, an dem sie jetzt saßen, ein niedriges Podest, das als Bühne diente. Ein weniger für Zauberei geeigneter Raum wäre schwer zu finden gewesen.

»Bisher habe ich natürlich immer für Soloauftritte geprobt. Ich bin noch nie mit einer Assistentin aufgetreten.«

Ah.

Bei dem Wort »Assistentin« hatte er, so kam es ihr vor, eine kleine Pause gemacht, als hätte ihm ein besseres einfallen sollen, aber wenigstens waren sie jetzt beim Thema. Jetzt hatte sie Gelegenheit, ein paar Fragen zu stellen. Was würde von ihr erwartet?

»Die üblichen Zaubertricks«, sagte er, was ihr nicht unbedingt weiterhalf. Was, bitte schön, verstand man unter den »üblichen Zaubertricks«?

»Tricks, die das Publikum sehen will. Man muss dem Publikum geben, was es sehen will, was es erwartet.«

Diese Lektion hatte sie auch schon gelernt, doch das war nicht der eigentliche Grund, warum sie sich gemeldet hatte. Seine brummige Zutraulichkeit hatte etwas Anrührendes. Aber erwarteten die Menschen überhaupt Zauberei?

»Ich muss ein paar neue Programmpunkte vorbereiten. Aber zugleich beschäftige ich mich mit neuen Illusionen.«

Illusionen?

Er hob den Becher, als wollte er ihr zuprosten. »Das erarbeiten wir zusammen.«

Hieß das, sie hatte die Stelle? Irgendwas hieß es, so viel

stand fest. Zusammen erarbeiten. Über den Rand des Bechers waren seine Augen besonders intensiv. Der obere Teil seines Gesichts war das, was den Blick anzog. Sonst schien er ein eher unauffälliger, wenig bemerkenswerter Mann zu sein, außerdem ein bisschen unterernährt. Vielleicht musste man ein Träumer sein, wenn man Zauberer werden wollte. Andererseits schien er sich seiner selbst recht sicher, und sein Gang – das war ihr aufgefallen, als er mit den beiden Teebechern in den Raum gekommen war – hatte eine gewisse Anmut. Und seine Augen waren geradezu berückend.

Offenbar ging es nicht um die Frage, wurde ihr allmählich klar, was sie tun sollte, sondern darum, was er mit ihr anstellen wollte.

Er taxierte sie, das merkte sie. Na gut. Daran war sie gewöhnt. Sie selbst hatte keine »Illusionen« und vermutete, dass die Rolle der Assistentin eines Zauberkünstlers hauptsächlich darin bestand, schmückendes Beiwerk zu sein. Doch schon jetzt entstand in ihr ein ansteckendes Gefühl von Beteiligung, von Partnerschaft bei dem, was immer es war, das sie *zusammen* tun würden.

Und sie taxierte ihn doch auch, oder?

»Auch für mich ist das ein neuer Aufbruch, Ronnie.«

Sie war ziemlich zufrieden, dass ihr dieser Ausdruck eingefallen war: »Ein neuer Aufbruch.« Wie war ihr der in den Kopf gekommen?

Aber würde er sie nicht um etwas bitten? Vorstellungsgespräch oder Vorspielen? Dies war ja ein Probenraum. Natürlich hatte sie keine Zaubertricks auf Lager, aber eine Kostprobe ihres Könnens, dazu war sie in der Lage, und warum nicht? Von einem Kostüm war nicht die Rede gewesen, aber wenn sie ihren Rock raffte, ein paar Drehungen machte und die Beine in die Luft warf – damit sicherte sie sich vielleicht die Stelle, falls sie noch gesichert werden musste. Das wäre dann ihr Trick.

Hatte er überhaupt schon an ein Kostüm gedacht? Sie würde ja eins brauchen. Und da sind wir auch schon: In ihrem Kopf fing sie bereits an, gemeinsame Sache mit ihm zu machen, ja, sanft die Führung zu übernehmen. Ganz schön aufregend. Sollte die Frage nach einem Kostüm aufkommen, konnte sie ohne Weiteres eins bereitstellen. Aber war das ihre Aufgabe? Jede Revuetänzerin, die etwas auf sich hielt, wusste, wie man ein Kostüm fand, lieh, stahl oder einfach besaß.

Und als der Moment kam und er das Kostüm – oder sie in dem Kostüm – sah (sie wusste, wie man sich präsentierte) –, glaubte er wirklich, wie deutlich zu sehen war, dass sein Glückstag gekommen sei. Erst die günstige Fügung, dann das hier. Bingo!

Zauberei? Konnte sie das nicht selbst auch? Warum, fragte man sich, kam nicht jeder auf dieselbe schlaue Idee? »Zauberer sucht Assistentin.« Als sie – aber das war später – mit Ronnie auf der Bühne stand und Zaubertricks vorführte, fand sie es nicht unbescheiden anzunehmen, dass die Augen aller Männer im Publikum mehr auf sie gerichtet waren als auf Ronnie. Sicher, die Zaubertricks waren gut, aber der beste Trick, der Haupttrick war sie selbst. Oder die Männer dachten: Hätte *ich* nur die magische Anziehung von ihm.

Und solange das Publikum von ihr gebannt war, beobachtete es Ronnie nicht bei den raffinierten Dingen, die er vollführte. Sie hatte eine Funktion. Man nannte das, erzählte er ihr später in einem Ton, als wäre es eins der offensichtlichsten und langweiligsten Prinzipien der Zauberkunst, »die Aufmerksamkeit ablenken«. In einem ähnlichen, entschuldigenden Ton sprach er von der »Macht der Suggestion«.

An dem Tag damals im Oktober bat er sie nicht darum,

ihm etwas vorzuführen. Also war es nur ein »Vorstellungsgespräch« – wenn man es so nennen konnte – mit Tee. Ein kahler, kühler, staubiger Probenraum an einem Vormittag im Herbst. Aber wie seltsam anheimelnd und zweckdienlich er mit einem Mal war. Hatte Ronnie sie beide verzaubert? Sie hielten ihre Teebecher mit beiden Händen, als wären sie Bauarbeiter, die um eine Kohlepfanne saßen.

»Alles zu seiner Zeit«, sagte er. »Wollen wir uns nächste Woche wieder hier treffen? Am Dienstag? Ich kann den Raum dienstags für zwei Stunden buchen. Dann fangen wir mit der Arbeit an.«

Hieß das, sie hatte die Stelle? Er hatte die Ruhe weg, wie jemand, der beim Militär viel Zeit damit zugebracht hatte, sich rauszuhalten, Dinge zu vermeiden, sich nicht freiwillig zu melden. Das konnte man leicht erkennen. Sie waren alle nach einem Muster geschnitzt. Er war bestimmt noch keine dreißig, nicht viel älter als sie. Und sie fragte sich, wie das wohl gepasst hatte: ein Zauberer beim Militär. Man konnte sich ihn schwerlich als Soldaten vorstellen. Andererseits war es auch nicht ganz leicht, sich ihn als Zauberer vorzustellen.

Hätte sie ihn bitten sollen, einen Zaubertrick vorzuführen? Nur so, als Probe?

Endlich, als hätte er es vergessen – sie hatte ein bisschen gehüstelt, und es war deutlich, dass er nie zuvor jemanden eingestellt hatte –, kam er auf den Lohn zu sprechen, den er ihr bezahlen würde. Es war mehr, als sie erwartet hatte. Aber sie tat so, als hätte sie damit gerechnet, und sagte zu.

Er sagte: »Wir können den Winter über eine Nummer ausarbeiten. Ich kenne jemanden, der uns in seiner Show in Brighton nächsten Sommer einen Auftritt gibt.«

Jeder kennt jemanden, der jemanden kennt. Jeder hatte einen Freund. Auch das hatte sie inzwischen begriffen.

»Noch eins«, sagte er, »mein Bühnenname ist Pablo.«

Beinah hätte sie gelacht. Von Ronnie zu Pablo, das war ein ziemlich großer Sprung, aber er sagte es ohne den leisesten Anflug von Peinlichkeit, eher mit einer Spur von Stolz. Und Ronnie, das musste sie zugeben, war kein guter Bühnenname. »Pablo« hingegen – das passte zu den dunklen Haaren und diesen Augen und zu der unerwarteten Anmut.

»Und du solltest dich Eve nennen.« Auch hier gab es kein Zögern. »Evie hört sich nicht so gut an, oder? Eve. Pablo und Eve.«

Und er hatte recht. »Evie« war wie »Ronnie«. Aber »Pablo und Eve«, das hatte einen gewissen Klang.

Es war sicher nicht am ersten Dienstag, auch nicht am zweiten, sondern an einem anderen Tag, aber sie waren in demselben Probenraum, als sie unvermittelt zu ihm sagte: »Hat dir schon mal jemand gesagt, dass du umwerfende Augen hast, Ronnie?« Das war ziemlich dreist und gewagt, selbst zu diesem Zeitpunkt noch. Aber sie war Evie White, sie hatte nie lange gefackelt und alles wenigstens einmal probiert.

Es war in einer ihrer Teepausen. Ziemlich seltsam war das jedes Mal. Gerade noch hatten sie gezaubert – sie zauberten wirklich –, dann machten sie Pause und tranken Tee. Manchmal bereitete sie den Tee, manchmal er, abwechselnd. Und es musste auch seltsam ausgesehen haben, eine Frau in Chiffon mit Pailletten und Federboa, die in dem Kabuff mit dem fleckigen, versifften Becken den Wasserkessel füllte und die Teekanne anwärmte. Der Federschmuck war hinderlich, und wenn sie nicht aufpasste, konnte sie Dinge umstoßen, aber sie hatte schon vor langer Zeit gelernt, sich mit ihrem Beiwerk in Acht zu nehmen, so wie ein Tier mit seinem Schwanz. Revuetänzerinnen hatten dafür einen siebten Sinn.

Mit Ronnie zu arbeiten machte Spaß. Sie hätte nie geglaubt, dass man bei der Zauberei auch lachen konnte, und vielleicht war auch Ronnie früher nie der Gedanke gekommen. Sie konnte oft beobachten, wie sein Gesicht, wenn sie einen Trick ausführten, einen ernsten, geradezu Furcht einflößenden Ausdruck annahm und er ganz verändert war, aber in den Pausen lachten sie viel. Er war Zauberer, trotzdem konnte er auch ganz gewöhnliche Dinge komisch oder lustig finden.

Als sie sich eine Weile kannten, sagte er gelegentlich zu diesem oder jenem: »Heilige Scheiße, Evie, heilige Scheiße.« Das machte ihr nichts aus. Wer sich an deftiger Sprache stieß, sollte nicht beim Theater arbeiten. In gewisser Weise fühlte sie sich privilegiert. Sie hatte das Gefühl, er hätte das gern gesagt, als er sie das erste Mal in ihrem Kostüm sah. »Heilige Scheiße, Evie.« Eigentlich hatte es etwas seltsam Unschuldiges. Und es war kaum anders als der Ausruf ihrer Mutter bei allen möglichen Gelegenheiten: »Holla!«

Hatte sie es gesagt, als sie beide den Dampf von ihren Teebechern bliesen? Keine Frage, auch sie wusste ihre Augen einzusetzen. Inzwischen hatte er sich an sie in ihrem Kostüm gewöhnt. Daran, dass auch er sich vor den Federn in Acht nehmen musste. Sie hatte eine Wolldecke, die sie sich umlegte – das war praktischer als ein Morgenmantel. Als wäre sie ein Pferd.

»Hat dir schon mal jemand gesagt, dass du umwerfende Augen hast, Ronnie?«

Jetzt hatte *sie* es gesagt. Und er gab ihr seine Antwort. Hatte sie das provoziert – diese oder eine andere Antwort mit ähnlicher Wirkung? Grund, sich zu beschweren, hatte sie nicht.

»Es sind nicht die Augen, Evie, sondern das, was sie sehen.«

Und dabei blinzelte er kein bisschen. Sie wahrscheinlich schon.

Sein Freund, dieser »Jemand«, der vielleicht Arbeit für sie hatte, war Jack Robbins, Bühnenname der Flinke Jack. Ronnie hatte sich Zeit gelassen, das zu erwähnen.

Bei anderen Dingen ging er etwas forscher vor. Als sie sich das erste Mal mit Jack (der von einer Tournee im Norden des Landes zurück war) trafen, trug sie natürlich nicht ihr Kostüm, sondern etwas anderes, das besonders war. Und vielleicht hatte es mit beiden Vorkehrungen seine Richtigkeit. Hätte sie als Mann einen Freund wie Jack Robbins, dann wäre es ihr vermutlich auch nicht so eilig gewesen, ihm eine Freundin vorzustellen, zumindest hätte sie sich vorher absichern wollen.

»Pablo und Eve«. Ja, das hatte einen gewissen Klang. Und jetzt trug sie einen Ring. Ronnie hatte ihn ihr eben erst präsentiert und damit noch mal unterstrichen, dass sie Pablo und Eve waren, aber eben auch Ronnie und Evie. Den Ring hatte er sicherlich auch von dem Geld aus der günstigen Fügung gekauft, aber so sollte man das nicht betrachten.

Ein Verlobungsring mit einem kleinen Diamanten, hell wie ein Stern.

Jetzt ist Evie White fünfundsiebzig Jahre alt. Wir haben das Jahr 2009, nicht 1959, als sie den Verlobungsring angesteckt bekam. Fünfzig Jahre! Sie betrachtet sich im Spiegel.

Sie hatten beschlossen, falls sie bei der Show in Brighton eine Nummer bekamen – das klappte –, im September zu heiraten, nach dem Ende der Saison, wenn sie Zeit dafür hatten. Sie würden in die Flitterwochen fahren und ihre Lage gründlich überdenken – als Pablo und Eve, nicht als Ronnie und Evie, aber war das nicht dasselbe?

Auch jetzt ist September, der 8. September. Fast auf den Tag genau fünfzig Jahre. Und es ist genau ein Jahr her, dass etwas anderes passierte, hier in diesem Schlafzimmer. Da, wo Evie jetzt sitzt. Mal angenommen, Ronnie kann sie sehen. Vielleicht kann er das. Vor dem Fenster schwindet allmählich das tiefgoldene Licht des späten Nachmittags. Im Garten sieht sie den Holzapfelbaum mit den sich gelb färbenden Blättern.

Sie hat die Perlenkette abgelegt. Es war ein anstrengender Tag. Sie könnte sich abschminken. Oder sie könnte alles ausziehen, denkt sie, obwohl sie es vor nicht allzu langer Zeit erst angezogen hat, und sich zu einem Nickerchen in das Bett hinter ihr legen.

Ein ganzes Jahr schon, aber heute kommt es ihr wie gestern vor. Seit einem ganzen Jahr ist das die einzige konstante Tatsache, und weder die unveränderte Vertrautheit dieses Hauses noch alle hartnäckigen Leugnungsversuche – überall gerahmte Fotos von Jack, seine Jacketts, seine Mäntel da, wo er sie zuletzt aufgehängt hat – ändern etwas an der Tatsache oder machen sie auch nur im Mindesten erträglicher.

Hat sie die Fotos geküsst? Hat sie ihr Gesicht in die Jacketts und Mäntel vergraben, und sogar –? Natürlich hat sie das.

Genau ein Jahr her, und das Haus ist genauso voll mit seinem Wegsein. In ihrem Kopf benutzt sie lieber dieses Wort – weg. Nicht tot. Nicht der Tod. Auch bei Ronnie hatte sie nie diese unbeugsamen Wörter benutzt. Einfach weg. »Weg« ließ die Möglichkeit zu, dass es nur zeitweilig war oder auch – und in Ronnies Fall durchaus glaubhaft – eine Illusion, ein Wort, das Ronnie, wie sie sich erinnerte, sehr mochte.

Und auch all die Stimmen, an die sie sich erinnert und die einst das Haus füllten – die Partys! die Abende! –, können nicht erreichen, dass die Stille weniger erdrückend ist.

Früher hatte ihre Mutter gesagt, das Leben sei ungerecht, aber sie würde noch drankommen. Und wie sie drangekommen war! Fünfzig Jahre mit Jack Robbins. Oder nicht ganz. Neunundvierzig. So ungerecht. Jedenfalls, da war sie und hatte für alle Zeiten ausgesorgt, am Albany Square, Hüterin, Kuratorin und Nutznießerin der glänzenden Karriere ihres Mannes.

Falls das geht, ausgesorgt haben mit fünfundsiebzig. Ausgesorgt haben in unerbittlicher Trauer.

Weg. »Ich bin einfach eine Weile weg, Evie.« Das hätte er sagen können. Und jetzt, jeden Moment …

Im September hätte sie Ronnie heiraten sollen, und war sie da nicht schon drangekommen? Jeden Abend machte sie sich zurecht, vor dem Spiegel mit den grellen Glühbirnen, die jetzt grausam wären. Wenigstens kann das Licht an ihrem Frisiertisch in einem freundlichen Winkel gerichtet werden, und wenigstens kann sie im Spiegel – ohne Zauberei, einfach aus der Erinnerung – noch das Bild heraufbeschwören: die Tiara mit den weißen Federn, den sorgfältig gekämmten blonden Pony, die glitzernden Ohrringe, ihre gepuderten nackten Schultern, die langen weißen Handschuhe, die ihr fast bis zu den Achseln reichten.

Unter ihr war damals das Meer – verrückter Gedanke – wogend, brandend, und ihre Silberpailletten hätten in ihr die Vorstellung von glitzernden Fischschuppen wecken können, aber sie erinnert sich nicht, dass sie damals diesen Gedanken hatte, trotz des plätschernden Wassers unter ihr. Evie White, silbrig und schlüpfrig wie ein Fisch.

Als Letztes setzte sie ihr Lächeln auf – aber war das wirklich nötig? War das nicht sowieso Teil von ihr, so wie ihre blitzenden blauen Augen? Dann stand sie auf, drehte sich um und prüfte mit einem Blick über die Schulter ihre Rückenansicht. Sie legte die Hände auf die Hüften, fuhr mit den Fingern unter den Rändern des eng anliegenden Kostüms entlang, zog und zupfte ein wenig, wo nötig. Mit einem kleinen, sachlichen Shimmy prüfte sie den Federschmuck, der gewissermaßen ihr Schwanz war. All das geschah innerhalb weniger Sekunden in professioneller Routine. Manchmal benutzte sie Ronnie als Spiegel. Laufen die Säume gerade, Ronnie, stehen die Federn richtig? Jeden Abend war das seine Aufgabe und sein Vergnügen, aber wenige Augenblicke später gehörte das dem Publikum. Darum ging es ja.

Die wippenden Federn waren Teil von ihr, so wie ihr Lächeln und ihre Augen.

Unterdessen hatte auch Ronnie ein letztes Mal an seiner Fliege gezupft und seine weißen Handschuhe angezogen. Er hatte sein Cape übergeworfen und den Verschluss geprüft. Er musste ihn in einer fließenden Bewegung öffnen, dann das Cape herumwirbeln. Er prüfte den Inhalt seiner Hosentaschen. Auch das war wichtig. Mit der Theaterschminke wirkten seine dunklen Augen noch intensiver. Jetzt war er »Pablo«. Sie war »Eve«. Und sein Gesicht hatte die besondere Bühnenernsthaftigkeit angenommen. Sie musste lächeln und tänzeln und sich drehen.

Sie brauchten beide nicht zu sprechen. Oder zu singen. Hatte sie nicht die perfekte Rolle für sich gefunden?

Jack sagte oft, dass Ronnie in seiner Bühnenverkleidung wie Draculas kleiner Bruder aussah. Er sagte nie, wem sie ähnelte. Jack sah einfach wie der Flinke Jack aus. Insgeheim stellte Evie sich Ronnie (das erzählte sie ihm aber nicht) als tänzelnden Stierkämpfer vor, in einem glitzernden Kostüm, passend zu ihrem. Das Cape mit rotem Innenfutter und die brennenden Augen eines Stierkämpfers hatte er schon. Und den geliehenen Namen. Dass er aus Bethnal Green kam, war ihm nicht anzusehen. Und dazu die klaren, fließenden Bewegungen auf der Bühne. Er hatte seine eigene Art zu tanzen. Oft dachte sie, dass ihr Auftritt, was immer er sonst sein mochte, eine Art Tanz war, ein Ballett der stummen, ineinandergreifenden Schritte und Gesten. Sie planten es nicht im Einzelnen, es passierte ganz von selbst. Auf der Bühne war Ronnie ein anderer. Er hatte gelernt, sich zu bewegen. Auch das war eine Art Zauberei.

»Sind wir so weit, Evie?«

Dann fuhr er mit der Hand unter ihren Federschmuck und gab ihr einen kleinen Klaps auf den silbrigen Po. Das war sein Privileg. Sie nahmen ihre Position in den Kulissen ein, hinter dem Vorhang, und noch bevor sie da waren, hörten sie Jack mit seiner Nummer, die nach der Pause kam, einer Sing-und-Tanz-Nummer – er konnte beides – vor dem Vorhang, bevor sie dran waren.

By the light
… tappity-tap tappity-tap …
Of the silvery moon
… tappity-tap tappity-tap …
I like to spoon
… tappity-tap tappity-tap …

Beim Mondenschein
… … tappity-tap tappity-tap …
hab ich ein Stelldichein
… tappity-tap tappity-tap …
mit meiner Liebsten fein
… tappity-tap tappity-tap …

Aber das Leben ist ungerecht. Vor genau einem Jahr war Jack gestorben. In diesem Schlafzimmer, in dem Bett hinter ihr. Sie hatte nicht gewusst, dass er gestorben war, denn sie schlief. Vielleicht hatte er selbst es auch nicht gewusst, aus demselben Grund. Das hoffte sie. Es war ein Tod, wie wir ihn uns alle wünschen.

Das Aufwachen hingegen, das sie erlebt hatte, war eines, das sich keiner wünscht. Die Erinnerung daran war furchtbar. Sie drängte sie zurück, sobald sie ihr in den Kopf stieg, was allzu oft passierte. Häufig wünschte sie sich, auch sie würde einschlafen und nicht wieder aufwachen, wie Jack. Nur dass er es sich nicht gewünscht hatte.

Vor einer Woche hatte George angerufen und gesagt: »Ich will dich nicht bedrängen, Evie, keinesfalls, vielleicht hast du schon etwas vor, oder du möchtest allein sein, aber ich habe nicht vergessen, was nächste Woche für ein Tag ist. Möchtest du mit mir zum Lunch gehen? Und wir trinken ein, zwei Gläschen auf den alten Jack?«

Also hatte sie ihre Perlen angelegt und war gegangen. Sie mochte nicht, dass George von »dem alten Jack« gesprochen hatte, aber George war – auch wenn Jack ihn freundschaftlich seinen »beständigen und windigen«, seinen »gerissenen« und sogar »halsabschneiderischen« Agenten genannt hatte – ein freundlicher und aufmerksamer Mann.

Und weiterhin der getreue Agent von Jacks Geist.

Jack Robbins. Siebenundsiebzig. Jack Robbins, Commander of the British Empire. Aber nicht, obwohl das im Gespräch war, Sir Jack. Jack Robbins, Schauspieler und eine Zeit lang, auf dem Höhepunkt seiner Karriere, Filmstar. Schauspieler, dann Produzent, dann Schauspieler-Produzent-Regisseur, alles in einem und mit eigener Produktionsgesellschaft. Rainbow Productions. Ein, zwei »Glückstreffer«, sagte er auf seine unaufdringliche Weise, hatten die Sache ins Rollen gebracht und allen Freude gebracht.

Freude auch über den plötzlichen Geldsegen. Das sagte er nicht, er beließ es bei der Andeutung. In Interviews wusste er immer, wie viel gerade genug war. Oder wie man so gut wie nichts sagte, das aber unterhaltsam. Seine Filmgesellschaft – und ihre. Das betonte er gern. »Oh, ich habe eine wunderbare

Geschäftspartnerin, wissen Sie, und Managerin. Meine Frau.«
Die ersten beiden Bezeichnungen mit dem Anflug eines Blinzelns (die Augen inzwischen umgeben von Fältchen), die letzte ungekünstelt und mit dankbarer Aufrichtigkeit.

»Meine Frau ist meine Inspiration, müssen Sie wissen. Ohne sie wäre ich nichts.«

Ach, jetzt komm, Jack, übertreib mal nicht. Und doch steckte mehr als ein Körnchen Wahrheit darin.

Jack Robbins. Schon jetzt bemerkte sie, wie er – vielmehr der Mann, der in der Öffentlichkeit bekannt war – zu einer Erinnerung wurde, zu einem bloßen »Namen«. Jack Robbins. War das nicht der in der Fernsehserie damals? In der Sitcom, die jahrelang lief. *So ist das Leben*. Das war, nachdem er beim Varieté aufgehört hatte und sich nicht mehr der Flinke Jack nannte. Als er Terry Treadwell wurde. War das nicht sein Durchbruch, sein erster echter Erfolg, der ihn beim Publikum bekannt machte?

Durchbruch? Erfolg? Das soll mal keiner glauben. Er sprach immer von seinem Glückstreffer. Eine seiner Lieblingswendungen. Ganz Bescheidenheit und Unschuld. Aber es war Evie White gewesen (auch als Mrs Robbins bekannt), die ihn auf den Weg gebracht hatte, Evie White, die mit ihm zu dem Büro in Lime Grove gegangen war und gesagt hatte: »Jetzt unterschreib, Jack. Und bedank dich schön bei den netten Leuten.«

Sie hatte ihr Lächeln gezeigt. Auch sie hatte Präsenz und Energie. Jack hatte sie vorgestellt: »Das ist Evie White.« Nur selten sagte er: »Mrs Robbins.« Und von dem Tag an war er Terry Treadwell, und der Flinke Jack verschwand immer tiefer in der Vergangenheit.

Wenn sie sich anstrengte, konnte sie ihn jetzt im Spiegel sehen – eigentlich war er nicht richtig weg, nur kurz rausgegangen –, wie er hinter ihr stand, die Hände auf ihren Schultern, und sich vorbeugte, wie er ihre Schultern küsste, den Nacken, und die Perlenkette, die er ihr geschenkt hatte, umlegte. Das war vor zwanzig Jahren gewesen. Die Perlen, die sie eben abgelegt hatte, Perlen für die Perlenhochzeit.

Jack Robbins. Der Flinke Jack. Mr Zwinkerauge. Der sie zum Schmunzeln und zum Lachen brachte, bis sie vor ihm niedersanken. Mr Mondenschein. Ein Varietékünstler, ein attraktiver Frauenschwarm, immer mit einem Mädchen oder dreien im Schlepptau. Aber dann stellte sich heraus, dass er ein Schauspieler von erstaunlichem Tiefgang und Talent war und zudem, noch erstaunlicher in der wankelmütigen Welt des Unterhaltungsgeschäfts, wo alles relativ war, ein bemerkenswert und hartnäckig treuer Ehemann.

Das konnte sie bestätigen. Wer wüsste es besser?

Hör zu, George, da wir zu Ehren des »alten Jack« hier zusammen sind. Was ist verwunderlicher: dass Schauspieler sich in andere Menschen verwandeln können – wie geht das überhaupt? – oder dass jemand sich zu einem Menschen entwickelt, den man ihm nicht zugetraut hätte?

Evie White. Revuetänzerin. Beineschwingerin. Zu allem bereit. Einmal sogar Assistentin eines Zauberers. Aber auch, wie sich herausstellte, eine hart verhandelnde, scharfsichtige Geschäftsfrau. Das konnte sie bestätigen. Und fast fünfzig Jahre lang Jack Robbins' Frau. Nicht die von Ronnie Deane. Wer wüsste das besser?

Und was ist verwunderlicher: dass Zauberer Dinge verwandeln oder Menschen verschwinden und wieder auftauchen lassen können oder dass Menschen einen Tag hier sind – wirklich und leibhaftig hier – und am nächsten Tag nicht mehr? Nie wieder.

Von dergleichen Dingen hätte sie beim Lunch mit George sprechen können, aber das tat sie nicht. Vielleicht hätte George zugehört und gesagt: »Na, das sind ja ganz schön schwierige Fragen, Evie.«

Alles relativ. Wen interessiert heute noch die zweiwöchige Eskapade in den Siebzigerjahren (Eddie Costello walzte sie in der *News of the World* breit aus) mit einer bekannten Schauspielerin, die gerade zu Ruhm gelangte (und wo ist sie jetzt, wie hieß sie gleich noch?). Hat das »Mrs Robbins« (wie Eddie sie betitelte) gekümmert? Jack kam kleinlaut und zerknirscht zurück.

Kümmerte es sie *jetzt*? Komm zurück, Jack. Komm einfach zurück.

Und hatte sie das Recht, auch damals, sich zu beklagen? Schließlich, wie hatten ihre fast fünfzig Jahre zusammen begonnen? Und wer hätte gedacht – gab es keine Gerechtigkeit? –, dass es solch reiche Jahre sein würden? Einschließlich wenigstens eines richtigen fünfzigsten Jahrestages, kurz nach Gründung der Rainbow Productions: Jack Robbins, sein fünfzigstes Bühnenjubiläum. Sie hatten eine große Party gegeben, hier, in diesem Haus. Heimlich hatte sie eine riesige Torte bestellt (wen kümmerte es, dass Jack inzwischen etwas beleibt war?), die mit den zwei berühmten Masken verziert werden sollte, doch sollten sie in dem Fall nicht Komödie und Tragödie darstellen, sondern beide ein Lächeln tragen.

Als Jack begann, den Kuchen zu zerteilen, hatte er sie gebeten zu assistieren. So kam es zu einer kleinen, wirren Vorführung, zu einem Wettstreit der Hände. Wessen Hand sollte oben auf dem Messer liegen und die Hand des anderen führen? Alle hatten es gesehen: Es war wie bei einer Hochzeit. Und alle hatten, trotz der zwei lächelnden Masken und der allgemeinen Heiterkeit, die Tränen gesehen, die in dem Moment über Jacks Gesicht rollten. Echte Tränen, keine Theatertränen. Keine Illusion.

Blitzlichter hatten geflackert. Eine ausgelassene Ansprache folgte. Ah, die Partys! Die Abende! Und ein goldenes Jubiläum zumindest.

Jack Robbins, der 1945 in Cliftonville, Kent, zum ersten Mal auf die Bühne getreten war. Sie konnte ihn sich vorstellen: Steppschuhe und ein Miniaturfrack. Vierzehn Jahre alt.

Sie befühlt die Perlen. Seine Filmgesellschaft und ihre. Eigentlich mehr ihre. Jetzt tatsächlich ihre. Sie hatte immer eine Mehrheitsbeteiligung gehabt. Das hatte er ihr großzügig zugebilligt. »Falls mir etwas zustößt, Evie ...« Jetzt war ihm etwas zugestoßen. Rainbow Productions. Nach einer rein privaten Übereinkunft gehörten ihm Rot, Orange und Gelb. Und ihr Blau, Indigo und Violett. Und Grün. Warum »Rainbow Productions«? Lassen wir das. Es war ein guter Name. Er hatte ihnen eine Menge Gold eingebracht. Er hatte ihnen das Haus am Albany Square ermöglicht. Und ihr gehörte Grün, die mittlere und entscheidende Farbe, die Aktienmehrheit, mit der sie alles in der Hand hatte.

Aber war das nicht schon immer der Fall gewesen? Lange bevor Rainbow Productions mit einem Blinzeln in ihrer beider Augen begann (Evies Augen hauptsächlich). Hatte sie nicht immer den kleinen Schlüssel sorgsam gedreht und Jack in die richtige Richtung geschickt? So wie seine Mutter früher und ihre Mutter bei ihr. Im Nachruf hatte es lediglich geheißen, sie hätten keine Kinder. Keine »Hinterbliebenen«. Musste sie das näher erklären? Zu viel zu tun mit Jack, alle Hände voll. Das verstand sich doch von selbst.

Hatte sie nicht ihre Entscheidung getroffen und ihren Einsatz gezahlt, und war sie nicht reich belohnt worden? Hatte sie nicht vor langer Zeit, als er nichts weiter als ein Varietékünstler war und sie alle miteinander im Grunde bloß winzige, glitzernde Fische in einem großen Meer waren, den kleinen, den wesentlichen Schlüssel gefunden und gelernt, ihn sorgsam und liebevoll zu drehen, während alle anderen Mädchen nichts anderes im Sinn hatten, als ihm die Beine um den Leib zu schlingen?

Oh, was Ronnie jeden Abend mit ihr anstellte. Wie viele Abende waren das? Einen ganzen Sommer lang. Und alle guckten zu. Oder – sie guckten zu, aber sie sahen es nicht. Darum ging es ja.

Sie musste sich in eine Kiste legen, und während sie in der Kiste lag, nahm er ein Schwert – zwei, drei Schwerter – und stach hinein. Aber davor hatte er sie in eine andere Kiste gesteckt, wo sie zusammengefaltet lag wie ein Truthahn in der Ofenpfanne, er hatte die Tür verriegelt und sie, nachdem er zuvor den Zauberschlüssel durch die Luft geschwenkt hatte – den goldenen Zauberschlüssel –, weggezaubert. Dann wurde die Kiste aufgeschlossen, wozu ein anderer Schlüssel benutzt wurde – und da war sie wieder. Das war nett von ihm. Aber dass er sie mit dem Schwert durchbohrte!

Dann musste sie sich wieder der Länge nach in eine andere Kiste legen, an deren einem Ende ihr Kopf hervorguckte, am anderen die Füße. Darauf nahm er eine Säge – nein, er schwang sie durch die Luft, schwenkte sie hin und her. Er schob die eine Hälfte der Kiste, die, aus der ihr Kopf ragte, auf der Bühne herum, während die andere Hälfte, die mit ihren Beinen, an der Stelle stehen blieb.

Und auch wenn Evie White, oder »Eve«, nicht singen konnte, schreien konnte sie, laut und überzeugend (das war ihre Idee, entgegen Ronnies Vorstellung, dass alles in geisterhafter Stille passieren sollte). Bei ihrem Schrei würden alle erschreckt die Luft anhalten oder sogar selbst schreien. Ihr Schrei war schlimmer als die Säge.

Auf dem Pier konnten die Sommergäste alle möglichen Fahrten machen – Achterbahn, Helter-Skelter, Geisterbahn –, die ihnen Schreie entlockten, Schreie sonderbarer, wilder Freude. Mal ehrlich, war das nicht einer der Gründe, warum Menschen in die Ferien fuhren – um sich zu Tode zu fürchten? Also passte es doch bestens zu der Grundeinstellung: Gib ihnen, was sie wollen.

Wenn er sie in die erste Kiste einschloss, in der sie zusammengerollt lag und ihr Federschmuck sich versehentlich-absichtlich in der Klappe verfing, machte sie ein kleines, gar nicht so kleines Geräusch, ein gut hörbares »Oh!«. Und die Zuschauer wussten nicht, wie sie reagieren sollten: Sollten sie kichern? Erschaudern? Auch das hatte sie sich ausgedacht.

Ah, was er alles mit ihr anstellen durfte! Was ließ sie Ronnie (oder Pablo, wie er sich damals ja nannte) zuliebe nicht alles über sich ergehen! Das Seltsamste jedoch war, dass sie bei all diesen Gräueltaten und Torturen ihr strahlendes, ihr unbezwingbares Lächeln behielt. Jedes Mal, wenn eine Kiste geöffnet wurde, trat sie lächelnd heraus, mit glitzernder Tiara, die Arme mit den weißen Handschuhen in einer Geste des Triumphs und der Freude hochgeworfen. Sie knickste erst mit dem einen Bein, dann mit dem anderen, und wenn sie von einer Kiste zur nächsten gehen musste, von einem Schauplatz der Grausamkeiten oder auch nur der Gefahr zum nächsten, tat sie das mit einer gleichbleibend glücklichen Zurschaustellung ihrer strahlenden und unversehrbaren Gestalt.

Der Ring funkelte an ihrem Finger, so golden wie der magische Schlüssel, und das führte unvermeidbar dazu, dass Ronnie jedes Mal, wenn er sie jemandem vorstellte, der die Show gesehen hatte, denselben Witz machte: »Dies ist Evie. Eve. Meine bessere Hälfte. Hälften, besser gesagt.«

Und wenn Jack, wie es vorgesehen war, bei ihrer Hochzeit

Trauzeuge gewesen wäre, hätte er sicherlich Ronnies Witz gestohlen und vielleicht einen Moment lang nicht verhindern können, in die Rolle des Flinken Jack zu schlüpfen. »Lassen Sie uns, verehrte Gäste, zusammen anstoßen auf Ronnies bessere Hälfte. Oder sollte ich sagen, bessere Hälften? Möge er sie immer wieder zusammenfügen!«

In Wirklichkeit stahl er viel mehr.

Das Standesamt im Rathaus von Brighton. Es hätte dazu kommen können, wenn sich auch alles andere wieder zusammengefügt hätte.

Und dann wäre sie – noch eine Pointe für Jack? – »mit der Zauberei verheiratet« gewesen. Aber inzwischen hatte sie verstanden, dass auch Ronnie das war, mit der Zauberei verheiratet, lange bevor er mit ihr verheiratet gewesen wäre.

Doch was gab es daran auszusetzen? War es nicht das, was sie anfangs gereizt hatte? Zauberer sucht Assistentin.

Hatte sie denn die Antwort auf die zentrale und fesselnde Frage gefunden? Wie sie funktionierte, die Zauberkunst?

Wenn einer es hätte herausfinden können, dann sie. Aber da war auch der Haken. Hätte sie es herausgefunden, hätte sie das Geheimnis entdeckt, wäre sie zu Stillschweigen verpflichtet gewesen. Denn das war ja die Abmachung, das Versprechen, bindender und unverbrüchlicher, so schien es, als ein Eheversprechen. Wie sollte also je einer erfahren, ob sie es wusste oder nicht?

Sie blickt in den Spiegel, als wäre der einzige Mensch, dem sie das Geheimnis verraten könnte, der, dem sie gerade ins Gesicht blickt. Selbst das wäre ein Verrat, oder? Auch Jack hatte sie nichts verraten, obwohl er sie mehrmals bedrängt hatte, bis er schließlich davon abließ, und die ganze Geschichte in der Vergangenheit versank. Jeder will es wissen. Wie geht das? »Komm schon, Evie, mir kannst du es doch sagen. Jetzt allemal. Ich sag's auch keinem weiter.«

Es war, als wollte er etwas über die anderen Männer erfahren, mit denen sie geschlafen hatte. Insbesondere über Ronnie Deane (die anderen waren bereits in ihrer eigenen Vergangenheit versunken). Aber sie verriet nichts, weder das eine noch das andere. Hatte sie ihn gefragt, wie es mit Flora gewesen war? Den Floras. Erzähl mir doch mal von dem Zauber mit Flora. Mit jeder ein neuer Trick?

Sie wusste, wie die meisten Zaubertricks, die Ronnie ausführte, funktionierten, natürlich, aber darum ging es ja nicht. Und auch jetzt ging es um etwas anderes.

Hätte Ronnie es der Welt je verraten?

Damals, 1959, gab es viele Strände – Brighton gehörte nicht dazu –, an denen rostige Teile von Eisenkonstruktionen aus dem Boden ragten und auf Schildern gewarnt wurde: »Minengefahr – Betreten verboten!«, und auf der Welt gab es viele Menschen, die über bestimmte Dinge nicht sprechen durften. Sie hatten sich verpflichtet, hatten einen Eid geschworen. Und was für die Wahrung von Staatsgeheimnissen galt, traf genauso auf die Zauberei zu. Eine lebenslängliche Bedingung.

Tut mir leid. Kann dazu nichts sagen. Bleibt unter Verschluss. Nein, das kriegst du nicht aus mir raus, auch nicht, wenn du mich mit dem Schwert durchbohrst oder mit der Säge in zwei Hälften zersägst.

»Ach, jetzt komm schon, Evie!« Was hatte sie denn die ganze Zeit in so einer Kiste gemacht? Hatte sie alles ganz und gar Ronnie überlassen?

Doch, ja, in gewisser Weise war es genauso, und selbst als sie erfahren hatte, wie es gemacht wurde, hörten ihr Staunen und ihre Zweifel nicht auf. Je mehr sie wusste, desto mehr wunderte sie sich. Und dann sagte Ronnie zu ihr: »Du kannst beruhigt sein, Evie, vertrau mir. Tu einfach, was ich sage. Halt dich genau an die Anweisungen und überlass den Rest mir. Du brauchst keine Angst zu haben. Ich werde dir niemals wehtun.«

Das tat er auch nicht. So herum war es nicht.

Es passierte nur ein einziges Mal, in den ersten Probentagen im Belmont Theatre (als sie glaubte, sie würde nacheinander in eine ganze Reihe von neu eingetroffenen, bedrohlich wirkenden Kisten eingesperrt), dass sie aus dem Inneren, aus dem Dunkeln heraus, fragte: »Ronnie? Bist du noch da?« Sie konnte nicht anders. Es war ein unwillkürlicher Ausruf – und hatte nichts mit Zauberei zu tun –, der sich ihrem plötzlich wild schlagenden Herzen entrang. Und Ronnie sagte, zum Glück sagte er es, mit einer Stimme, die aus weiter Ferne zu kommen schien: »Ja, Evie, ich bin da.« In der Dunkelheit war es ihr so vorgekommen, dass Ronnie ebenfalls aus dem Inneren einer Kiste sprach und das, was er sagte, ebenso ununterdrückbar der Tiefe seines Inneren entsprang.

Damals schien es ihr so – und das musste lange, bevor er ihr den Verlobungsring ansteckte, gewesen sein, aber nicht allzu lange, nachdem sie das über seine Augen gesagt hatte –, dass zwischen ihnen ein Band von der Art entstanden war, wie es zwischen zwei Menschen kaum je entsteht oder gar möglich ist.

Sie erinnerte sich nicht, dass Ronnie je zu ihr gesagt hätte: »Evie, bist du noch da?« Natürlich brauchte er das auch nicht zu fragen. Es war Zeichen seiner Fähigkeit und seiner Zuversicht. Aber vielleicht hätte er das trotzdem einmal fragen sollen.

Und wie sollte man je erklären, was für ein Gefühl eine Levitation war? Eines Tages hatte Ronnie zu ihr gesagt: »Das ist Levitation, Evie. Wirklich, du schwebst.« Sie konnte nur beschreiben, wie sie es in dem Moment erlebte: Ja, sie schwebte, nein, das konnte unmöglich sein. Und wie seltsam, dass sie das tat oder dass es mit ihr geschah, ein Geschenk, ein Privileg, und dazu das seltsame Wort. Hatte sie sich je vorgestellt – natürlich gab es vieles, was sie sich nicht vorgestellt hatte –, dass sie einmal in ihrem Leben Levitation erfahren würde? *Levitation!*

Aber da waren sie, in dem Sommer damals, Abend für Abend, und warteten hinter dem Vorhang auf ihren Auftritt, auf ihre Verwandlung in »Pablo und Eve«, und manchmal machten sie tiefe, intensive Atemzüge, die dem Publikum verborgen blieben, und manchmal – auch das würde das Publikum niemals sehen, noch würde Evie jemals davon erzählen – drückten sie sich gegenseitig beruhigend die Hände.

Unterdessen kam Jack vor dem Vorhang ans Ende seiner Nummer.

Oh Honeymoon, keep a-shinin' in June. – Oh Honigmond, im Juni schenk weiter deine Strahlen.

Manchmal gab es draußen, wenn sie nach der Show herauskamen, den echten, den tatsächlichen Zauber – einen silbrigen Mond, der über dem Meer hing, schimmernd auf den Wellen, die über die Strandkiesel ausrollten. Es sei denn, es regnete gerade in Strömen oder ein heftiger Wind wehte.

Sie ging, Arm in Arm mit Ronnie, auf dem Bretterweg, jetzt nicht mehr Pablo und Eve, sondern einfach Ronnie und Evie, ein Pärchen in den Ferien, so schien es. Manchmal jedoch wurden sie erkannt, und oft war sie es, die zuerst erkannt wurde. »Sind Sie nicht –?« »Ja, ich bin Eve. Genau. Und das ist Pablo.« Sie sagte nie »Ronnie«, und sie konnte auch den Witz nicht machen, passend zu dem, den Ronnie über sie machte.

Sie war stolz in diesen Momenten, wenn sie erkannt wurden. Ronnie wirkte zunächst ein bisschen verstimmt oder abweisend, aber sie sagte dann, das sei schlecht fürs Geschäft (schon damals war sie ein bisschen wie eine Managerin), er solle immer lächeln, lächeln und nett zu den Leuten sein. Wenn die Leute Ronnie ansahen, hörte sie deren Gedanken: »Ist das Pablo? Wirklich?« Und dann, beim genauen Hingucken: »Ja, natürlich, das ist er.«

Es hatte doch etwas Gutes, wenn sie erkannt wurden, und sei es nur auf dem Pier. Ihre Nummer war offenbar ein Erfolg, sie waren »bekannt«. Jedenfalls entwickelte auch Ronnie im Laufe der Wochen eine gewisse Ausstrahlung, wenn er nicht auf der Bühne stand, einen Stil, ein entspanntes Auftreten, und ihr gefiel der Gedanke, dass sie ein bisschen dazu beigetragen hatte.

Manchmal dachte sie, wozu die ganze Zauberei, wozu Bühne und Kostüm, wenn sie doch dies hatte? War das nicht alles, was eine junge Frau sich wünschte? Und dann dachte sie mit einem Anflug von Mitleid an das neueste Mädchen an Jacks Arm, das schon jetzt halbwegs verflossen war.

Jack sagte, wenn er, mit oder ohne Mädchen am Arm, bei ihnen am Geländer stand und auf die glitzernden Wellen blickte: »Das kriegt ihr nicht, wenn ihr im Palladium oder im Hackney Empire auftretet. Da spaziert ihr dann nur durch die Pissgasse.«

Einmal sagte er in der Garderobe, als einen Augenblick lang alles ganz still war und sie nur das sanfte, gleichmäßige Rauschen hörten: »Denkt bloß nicht, Freunde, das seien die Wellen, das sind heute die Zuschauer, die schon mit den Zähnen knirschen.«

Er war erst achtundzwanzig, genauso alt wie Ronnie, und keiner von ihnen wusste, wie es weitergehen würde, aber zu seiner Funktion gehörte ein Auftreten, das älter als seine Jahre war. Er war der Zeremonienmeister, der Conférencier, der Papa von allem. Glaubt ihm, er ist herumgekommen, er hat die Welt gesehen.

Und es war seltsam, dass kaum je, in all den Vorführungen,

an all den Abenden, im Laufe einer ganzen Saison, wirklich kaum je einer daran dachte – sie tat es nicht, wenn sie vor dem Spiegel saß und sich ihre Tiara wie bei einer Krönung ins Haar setzte –, dass unter ihnen das Meer brandete. Unter uns ist das Meer, rauschend und gischtend, Fische schwimmen darin, Algen schwanken hierhin und dorthin. Die Bühne brauchte nur einzubrechen, schon würden wir alle zwischen den Planken ins Wasser stürzen.

Damals war Jack Robbins der Flinke Jack. Im Laufe der Jahre spielte er so viele Rollen, dass er sie weder zählen noch unterscheiden konnte. Manche stülpte er sich über, als probierte er sie nur an – die Nebenrollen in Filmen –, aber manche blieben an ihm haften, und er hatte Mühe, sie abzulegen. Wie sollte er die Fans, die ihn auf der Straße erkannten (das kam vor), davon überzeugen, dass der Darsteller nicht die Rolle war?

Oder auch sie in dem Glauben bestätigen. Dann musste er innerlich die Zähne zusammenbeißen und nach außen lächeln, er musste innerlich den Schritt machen – unbemerkt von den Fans – und die Erkennungssätze sagen, seinen Part rezitieren, einschließlich Mimik und Gesten, so wie sie es erwarteten. Erstaunlich! Genau wie Terry Treadwell, der Opportunist-Strich-Clown-Strich-Familienvater in Nöten, in *So ist das Leben*, der Serie, mit der er, wie George Cohen es formulierte, Einzug »in die Wohnzimmer der Nation« gehalten hatte. Evie widersprach dem nicht.

Wenn Evie da war – bei Begegnungen mit Fans, aufdringlichen Anhängern, Autogrammjägern –, spürte er bisweilen ihren sachten Rippenstoß, ihr Zwicken am Ellbogen, doch selbst wenn sie nicht da war, konnte er sie flüstern hören: »Komm schon, Jack, sei so lieb. Mach schon. Noch einmal. Sie wollen Terry Treadwell.«

Das war die Serie, mit der reichlich Zaster auf ihr Bankkonto floss und nicht wenig auf das von George. Und die seinen Namen bekannt machte. Jack Robbins. Oder Terry Treadwell. Wer von beiden war er, Teufel noch mal?

Aber eines Tages schaffte er es, mit Terry Treadwell Schluss zu machen, oder Terry Treadwell selbst, der Arme, machte Schluss. Ein festes Datum, zu dem Terry Treadwell das Zeitliche segnete, konnte er nicht angeben. Terry, der alte Tropf, hatte seine Blütezeit gehabt und lebte danach in der Erinnerung fort. Hat Jack Robbins nicht einmal in dieser Serie mitgespielt? Ist schon eine Weile her. Wie hieß sie noch? Und wen hat er gespielt? Tommy, richtig? Oder Teddy?

Er bekam andere Rollen, in manche glitt er hinein wie in einen Traum, und er schwebte darin, als hätte die Rolle nur auf ihn gewartet. Wie seine erste große Rolle in einem Shakespeare-Stück, Puck in *Ein Sommernachtstraum*. Weil wir gerade von Träumen sprechen. Puck. Bitte keine Witze. Er war ein »ausgezeichneter« Puck. Eine Offenbarung. War das wirklich derselbe, der damals Terry Treadwell gespielt hatte? Ja, derselbe.

Aber auch das endete in der Erinnerung. War er nicht einmal Puck, in Stratford, ein großartiger Puck (oder wie er, in seiner pedantischen Art, betonte, Robin Goodfellow).

Und keine anzüglichen Witze, bitte. Meine Frau war immer schon der Meinung, ich würde einen großartigen Puck geben, wenn ich mich ordentlich ins Zeug legte. Zu viele Mädchen vor ihr. Danach nicht mehr. Ernsthaft.

Wer würde sich je an den Flinken Jack erinnern? Besonders, da der nach dem Sommer in Brighton, im September, völlig von der Bildfläche verschwand. Sich aus dem Staub machte. Seine Zeit war um. Für immer vorbei. Wer würde sich daran erinnern? Außer er selbst, wenn er in der Öffentlichkeit, aber in verschlüsselter Form, sagte: »Einfach ein altgedienter Varietékünstler.«

»Ich bin mit Singen und Tanzen groß geworden, müssen Sie wissen. Würze des Lebens. Alles schon lange her. Schauspieler? Das meinen Sie nicht im Ernst.«

Und da stand er, in der Seitenkulisse, eine andere Rolle gab es für ihn nicht. Und das war auch keine Rolle, die ein anderer geschrieben hatte, wie die, die er später angeboten bekam und von denen George – damals gab es noch keinen George – sagen würde: »Das könnte dich interessieren, mein Junge.« Die Rolle vom Flinken Jack hatte er selbst erfunden. Wie war das noch mal gekommen? Er war selbst schuld daran. Und jetzt *musste* er den Flinken Jack verkörpern. In jeder Vorführung. Das sollte nicht schauspielern sein? Inzwischen glaubten ja auch alle, dass er der Flinke Jack *war*. Und er selbst liebte ihn und hasste ihn, den armen Kerl mit den langen Schritten.

Inzwischen waren Rufe zu hören: »Wo ist Jack? Wo ist Jack?!« Stimmt, das war sein Name, aber welchen von den beiden meinten sie? »Wo ist Jack?« Hör sie dir an!

Einige Bühnenarbeiter, die ihn wie erstarrt dastehen sahen, glaubten, er koste den Moment aus. Ist ja sein Auftritt. Sie sahen nicht, dass es an diesem Abend nicht einfach ein Schritt war, sondern eine Klippe, an der er stand, und dass ihm übel war vor Verwirrung und Schreck. Und keiner, der ihm einen Stups gab. Außer er selbst natürlich. Und ganz am Anfang seine Mutter, die sich, lang ist's her, mit dem Besitzer einer Autoreparaturwerkstatt abgesetzt hatte. Besitzer einer Autoreparaturwerkstatt! Ich bitte euch! Zwar nur Frau des Besitzers einer Autoreparaturwerkstatt, aber seinen Schaltknüppel wusste sie bestens zu bedienen. Seine Mutter, die in Varietétheatern aufgetreten war und einmal in der Rolle der schüchternen kleinen Milchmagd unter dem Namen Betty Butter bekannt war. »*I'm Betty Butter and I'm all a-flutter.*« – »*Ich bin Betty Butter, meine Knie sind ein Geschlotter.*« Das war ihr Lied damals gewesen.

Und es gab auch keine Evie, die ihm einen Stups geben konnte. Noch nicht. Wie gab man sich selbst einen Stups?

»Wo ist Jack? Wo ist Jack?« Bald würden sie zu skandieren anfangen, alle fanden es herrlich, auch er selbst fand es herrlich, er kostete es aus, sonnte sich darin, badete darin. »Wo ist Jack?«

Und dann war es so weit. Doch wie? Er trat über den Rand, aber er war noch da. Stürzte nicht in den Abgrund. Hier war das Bad der Bühnenscheinwerfer, und dann, nur für diesen Schritt, für den Moment des Heraustretens, so schien es, brandete das Meer des Beifalls. Und hier, flinken Fußes –

»Da bin ich! Da bin ich! Wer hätte das gedacht! Hat nicht gerade jemand gerufen? Amüsiert ihr euch auch gut?«

»Ja!«

»Na, schön. Dann kann ich ja gehen!«

Er war der Flinke Jack. Wer sonst? Und was wäre die Show ohne ihn gewesen? Manch einer hätte gesagt, die Show, das war er. Doch als Conférencier war er der Einzige, der fortwährend auf- und wieder abtrat. Er trat aus der Show heraus, vor den Vorhang, und unterhielt sich mit dem Publikum, als wäre er ein alter Freund, ein Kumpan, dann schlüpfte er zurück auf die Bühne, führte seine Nummer auf. Manchmal verschwand er für eine ganze Weile – wo ist Jack? – und kam dann zurück. Aber er versäumte es nie, am Ende da zu sein, seinen Abgesang zu geben, ein letztes Lied zu singen.

»Dann gute Nacht, verehrtes Publikum, buenas noches für die aus fernen Landen, und passt schön auf, liebe Leute, wenn ihr im Dunkeln über die Planken geht. Ist schon schwer genug, auf den Brettern hier oben ...«

Aber manchmal, wenn er verschwand, wartete er nicht hinter der Bühne, er ging auch nicht in die Garderobe oder raus, wo für die Theaterleute eine Ecke abgeteilt war und er ein paar Minuten am Geländer lehnen, Zigarettenasche ins Meer schnipsen und sich auf sich selbst (sich selbst?) besinnen konnte.

Nein, er überquerte dann eine ganz andere Linie. Er schlängelte sich von hinter der Bühne zum Eingang, oder fast bis dorthin. Es gab einen Weg. Hinter dem Parkett tauchte er aus dem Dunkeln auf, während die Vorführung weiterging – sieh an, sie kamen ja erstaunlich gut ohne ihn klar. Er schlich sich ins Publikum, und wenn jemand ihn sah, gab er sich betont verstohlen. Legte den Finger auf die Lippen. Ja, ich bin's, aber du hast mich nicht gesehen, okay?

Er setzte sich auf einen der freien Plätze in der letzten Reihe, obwohl es davon dieser Tage, in der fortgeschrittenen Saison, nur selten welche gab. Es war beinahe August. Und wenn keiner frei war, stellte er sich an die Wand oder setzte sich auf einen der Klappsitze für die Platzanweiserinnen. Auch für die Platzanweiserin legte er den Finger an die Lippen.

Eine dieser Platzanweiserinnen übrigens – aber das war eine andere Geschichte.

Und dann sah er zu. Wer sein Verhalten beobachtete – aber das könnte nur einer von den Zwangswiederholungszuschauern sein, die, wie Jack es sagte, für ihre Unersättlichkeit bestraft werden müssten –, dem würde auffallen, dass es immer dieselbe Nummer war, die er sich von hinten im Zuschauerraum ansah. Pablo und Eve. Erste Nummer nach der Pause. Gerade noch hatte er die Einführung für sie gemacht – »Und jetzt, mein verehrtes Publikum« –, und schon war er im Saal, einer der Zuschauer.

»Was ihr jetzt zu sehen bekommt, ist schier unglaublich ...«
Und er musste darauf achten, dass er rechtzeitig, bevor ihre Nummer zu Ende war, wieder in der Kulisse stand.

»Hab ich es euch nicht gesagt, liebe Leute, hab ich nicht ...?«

Er saß hinten und sah zu und fragte sich vielleicht, zusammen mit allen anderen, wie die Tricks funktionierten. Aber eigentlich sah er nicht Ronnie – oder Pablo – zu. Natürlich nicht. Hier hinten im Zuschauersaal war er Teil des Publikums und auch wieder nicht. Er war der Flinke Jack und auch wieder nicht. Er war auch nicht Jack Robbins.

Im Dunkeln, inmitten des Publikums und außerhalb zugleich, spürte er manchmal, wie dünn, wie fadenscheinig die plüschig überzogene Konstruktion um ihn herum war. Plüschig? Man brauchte nur das Licht anzuschalten, dann sah man schon, wie abgewetzt, wie runtergekommen, wie schäbig alles war. Wie sehr es von einer fantasievollen Betrachtung abhing. Manchmal glaubte er, neben dem Atmen und Rascheln der Zuschauer das Ächzen und Dehnen des Piers zu hören, als wäre er ein großes schlingerndes Schiff. Aber vielleicht war er selbst derjenige, der ins Schlingern geraten war.

Warum machte er diese verstohlenen Ausflüge? Nur, um die Wirkung hautnah mitzuerleben, ohne die Kunstgriffe hinter der Bühne? Um zu spionieren und Bericht zu erstatten? Natürlich nicht. Er musste ihr einfach zusehen, ungestört. Es hatte nichts mit »Pablo und Eve« zu tun. Nichts mit Pablo oder Ronnie. Auch das ganze Zeug, das sie miteinander trieben, war nicht wichtig. Seine Aufmerksamkeit galt nur ihr. Er war über eine weitere Linie getreten und spürte, wie er den Boden unter den Füßen verlor, wie er sich entglitt. So viele Mädchen, und er wollte nur sie. Er spürte, wie er, ein Ertrinkender, langsam unterging.

Evie blickt in den Spiegel. Nichts würde über ihre Lippen kommen. Ihre Lippen, die nur noch eine schmale Version von früher waren.

Und wenn niemand es sagen durfte – oder wollte –, wie sollte man dann wissen, ob es so etwas überhaupt gab: Zauberei? Alles mit Spiegeln gemacht.

Das warf natürlich eine wichtige Frage auf. Wenn es keine Zauberei gab, warum dann Zauberer werden?

Am Abend nach einem langen Probentag im Belmont Theatre waren sie in seine Wohnung gegangen und lagen sich bald in den Armen. Dazu hatte es kommen müssen, früher oder später. War das Zauberei – weil Ronnie es, kraft seiner Fähigkeiten, zuwege gebracht hatte? Nicht, wenn sie Evie White war. Nicht, wenn sie ihre Hand mit im Spiel gehabt hatte. Aber war es dann angebracht zu sagen – es wäre zumindest ein Jammer –, dass kein Zauber gewirkt hatte? War es falsch zu behaupten, sie hätten sich gegenseitig unter eine Art Zauberbann gestellt?

Und hatte Ronnie – das war ein Sprung nach vorn – ihr den Ring angesteckt, weil er sich seines Fangs vergewissern wollte? Warum sollte er das, wenn er Zauberer war, nötig haben? Oder kam er auf die Idee mit dem Ring, weil sie, Evie, etwas bewirkt hatte, das selbst ihm wie Zauber erschien? Seine bemerkenswerten Augen waren groß und rund geworden. Er stellte ihr eine Frage, die er nie zuvor gestellt hatte, und sie hatte ziemlich schnell Ja gesagt: »Ja, Ronnie, ja!« Das Wort hatte sie schon oft in ihrem Leben gesagt, zu oft, um die Male zählen zu können, aber nie so – das größte Ja in all ihren fünfundzwanzig Jahren.

Abrakadabra!

Aber eins nach dem anderen. Sie waren in seine Wohnung gegangen. Eine etwas schmuddelige kleine Wohnung, aber nicht so schmuddelig und klein, wie sie erwartet hatte (lag auch das an der günstigen Fügung?), jedenfalls hatte sie Schlimmeres gesehen. Es war November, ein kalter Tag und so winterlich und unwirtlich, dass es schon um drei Uhr nachmittags Abend zu werden schien. Während sie sich umschlungen hielten, warf das elektrische Heizgerät auf dem Fußboden, ein tragbares von Belling mit rot glühenden Heizdrähten, Wärme und einen roten Schein über sie. Hin und wieder klickte und sirrte es.

Aber was tut man danach? Man unterhält sich, eine Weile zumindest. Ihre Hand hatte seine Brust gestreichelt. Keine schlechte Brust, gar nicht so schmal, und jetzt hatte sie das Privileg, sie zu berühren und aus der Nähe zu betrachten, und sie stellte fest, dass genau die richtige Menge an Haaren, weder zu lang noch zu dicht oder zu kraus, darauf wuchs. Unter ihrer streichelnden Hand fühlten sie sich angenehm drahtig und doch seidig an, und im Licht des Heizgeräts blinkten sie hier und dort kupferrot.

»Wieso die Zauberei, Ronnie? Wie hat das angefangen?«

Er sagte nicht das, was sie selbst wahrscheinlich gesagt hätte, wenn sie über ihr Leben befragt worden wäre, nämlich: »Mit meiner Mutter.« Auf seine Mutter kamen sie später. Er war nicht unbedingt schüchtern oder reserviert (schließlich lagen sie hier zusammen), aber in manchen Dingen hielt er sich sehr bedeckt. Man musste ihm die Dinge sanft entlocken.

Offenbar war Ronnie eher zufällig als vorsätzlich zur Zauberkunst gekommen, doch nachdem erst der Same gesät war, wuchs der Wunsch, selbst Zauberer zu werden, mit unwiderstehlicher Kraft. Vielleicht war das Säen des Samens selbst ein Zauberakt gewesen.

»Wo war das, Ronnie?«

Sie streichelte seine Brust. Sie war im Begriff, seinem Zauber zu erliegen.

»In Evergrene, einem Landhaus.«

»Evergrene?«

»Ja, Evergrene.«

Das sagte er mit einem großen Punkt dahinter. Er hätte ebenso gut sagen können: »Kennt nicht jeder Evergrene? Das erklärt doch alles.«

»Kannst du mir das ein bisschen genauer erzählen? Wo ist dieses Evergrene?«

»In Oxfordshire. Da war ich im Krieg untergebracht. Du sprichst mit einem umfassend qualifizierten Evakuierten. Und du?«

Sie klärte das in aller Kürze. Nein, nicht evakuiert. Sie und ihre Mum hatten in Woking ausgeharrt. Weit weg von den Docks und – wie man sieht – unversehrt. Schließlich musste ihre Mutter sich um die Bühnenlaufbahn ihrer Tochter kümmern. »Eines Tages ist der Krieg vorbei, Evie, und was dann? Was dann?« Aber das war ihre Geschichte, und die konnte warten.

Nein, eine Evakuierte war sie nie gewesen. Obwohl sie sich das inzwischen zu wünschen begann.

»Jetzt erzähl, Ronnie. Evergrene.«

Als er umständlich davon zu sprechen begann, entstand bei ihr der Eindruck, er hätte sechs Jahre lang Ferien gemacht und dort – lange bevor ihm Haare auf der Brust gewachsen waren – die beste Zeit seines Lebens erlebt. Vielleicht sprach er so zaudernd davon, weil es zu gut klang, um wahr zu sein. Das stimmte ja auch. Vielleicht hatte er sich das alles ausgedacht und hielt sie zum Narren. Allmählich wurde ihr jedoch klar, dass er so verlegen und so bemüht von dieser Zeit in seinem Leben sprach, weil er nie zuvor darüber gesprochen hatte. Sie war die Einzige, die Erste, der er es erzählte.

Und wohl auch die Letzte.

Die einzige Quelle oder Bestätigung, die sie je für das hatte, was sie über Ronnie Deanes Leben wusste, war Jack Robbins. Die beiden kannten sich doch schon seit zehn Jahren, oder? Aber sie begriff auf Anhieb, dass es eher andersherum war. Gut möglich, dass Jack Hunderte von Dingen wusste, die ihr unbekannt waren, aber von dem, was Ronnie ihr erzählt hatte, wusste er nichts, und sie würde es ihm nie erzählen.

Stattdessen packte Jack es in einem Bündel Witze zusammen: »Er war in Oxford, Evie. Das hat er uns voraus. Doktor der Zauberkunst. Hat beim Zauberer von Oxford gelernt. Da war er Zauberlehrling.«

Zu dem Zeitpunkt hatte sie Jack Robbins noch gar nicht kennengelernt.

Sie streichelte Ronnies Brust und konnte sich vorstellen, dass es – trotz der Haare – die Brust eines acht- oder neunjährigen Jungen war.

Genau betrachtet hatte er zwei Kindheiten gehabt – fast schon zwei Leben –, und die zweite hatte die erste verdrängt. Er war von einem Ehepaar, den Lawrences, aufgenommen und wie ihr eigener Sohn aufgezogen worden. Und nicht nur das – Mr Lawrence, Eric Lawrence, war zudem Zauberer, dem es in Kriegszeiten an Gelegenheiten mangelte, seinen Beruf auszuüben.

Doch dann war der Krieg vorbei, und dieses – wie sollte man es nennen? – verzauberte Leben musste nicht nur ein Ende haben, es lief sogar wieder in die Gegenrichtung. Oder vielleicht nicht unbedingt in die Gegenrichtung, denn Ronnie wollte schließlich Zauberer werden und war es in gewisser Weise schon.

Noch bevor Ronnie es ihr erzählte, hatte sie natürlich erraten, dass der »kleine Betrag aus der günstigen Fügung«, in dessen Genuss sie indirekt kam, von diesem Eric Lawrence stammte, der, wie Ronnie erzählte, vor Kurzem gestorben war. Und da offenbarte sich ein weiterer Grund, warum es Ronnie so schwerfiel, über all das zu sprechen: Er befand sich noch im Zustand der Trauer.

Ohne Eric Lawrences Geld würde sie, Evie, ja, würden sie beide jetzt nicht hier liegen. Mal ganz abgesehen von der Zauberkunst.

Aber ganz so einfach war es nicht. Sie wollte etwas über den Rest von Ronnies Kindheit erfahren, von der »echten«. Da blieb noch vieles, anscheinend, was er vor ihr verborgen hielt.

Und wie war er – wieder ein Sprung nach vorn – zu dem Namen Pablo gekommen?

»Ist doch mein zweiter Vorname. Ich heiße wirklich so. Mein zweiter Vorname ist Paul.«

»Ja, schon.«

Er sagte: »Spanisches Blut, Evie.«

Das klang beinah so geheimnisvoll wie »Evergrene«.

Aber, klar, wenn man ihn ansah – und sie sah ihn sich jetzt ganz genau an –, hätte man auch das erraten können. Vor allem die Augen.

»Lach jetzt bitte nicht, Evie, aber meine Mutter heißt mit zweitem Vornamen Dolores.«

Also, das war allerhand, und sofort sah sie vor sich das Bild von Ronnies Mutter – bunt, exotisch, geradezu theatralisch –, worauf in ihr der Wunsch wach wurde, sie kennenzulernen, und zudem der Gedanke aufkam, dass ihre eigene Mutter, die ganz gewöhnlich Mabel hieß, Ronnies Mutter gern kennenlernen würde.

Aber das war ein viel zu großer Sprung nach vorn und außerdem ein gewaltiger Irrtum.

»Und wo ist deine Mutter jetzt, Ronnie? Was macht sie?«

»Sie ist kaum zwei Meilen von uns entfernt. Sie arbeitet als Putzfrau in Bethnal Green. Möchtest du sie besuchen?«

Es war das einzige Mal, wie sich später zeigte, dass Ronnie diese Einladung aussprach, und im Grunde meinte er sie nicht ganz ehrlich. Und natürlich war es in dem Moment das Letzte, was sie gern tun wollte.

»Nein, Ronnie. Jetzt nicht.«

Aber später, als sie Zeit hatte, über all das nachzudenken, konnte sie sich leicht vorstellen, wie es für Mrs Deane gewesen sein musste, als ihr einziger Sohn nach Hause kam, nach Bethnal Green, und sie feststellte, dass er sich vollständig verändert hatte. Verändert war das eine, und dann wollte er auch noch Zauberer werden.

Evie konnte sich leicht vorstellen, dass es zu einem Bruch gekommen war.

Ein Bruch, der nur noch tiefer wurde, als Ronnie ihn zu reparieren versuchte. All dies erzählte er an dem Nachmittag damals, während das elektrische Heizgerät weiter sirrte und knisterte. Als diese überaus wichtige günstige Fügung ihrer Wege kam – jetzt waren sie fast in der Gegenwart –, hatte er seiner Mutter in allerbester Absicht mehr als die Hälfte davon angeboten, als eine Art Entschädigung für den Streit und die Entzweiung. Aber seine Mutter hatte das Geld ausgeschlagen. Sie hatte Ronnie das Geld sogar ins Gesicht geworfen. Heftige Worte waren gewechselt worden.

Wieder benutzte Ronnie eine Wendung, die er sich anscheinend aufgehoben hatte. »Spanische Leidenschaft, Evie.«

Wollte Evie sie wirklich besuchen gehen?

»Wie heißt sie mit erstem Vornamen, Ronnie?«

»Agnes.«

Agnes Dolores. Darauf bildete sich in ihrem Kopf ein neues Bild.

»Und dein Vater.«

Es entstand eine längere Pause. Dabei war die Frage einfach. »Sid.«

Wieder eine lange Pause.

»Er liegt auf dem Meeresgrund, Evie. Handelsmarine. 1940.«

Und damit endete das Gespräch. Aber wenigstens waren sie jetzt gleichauf. So viele Fakten konnte Evie über ihren Vater nicht zusammenbringen. Sie wusste nichts über seinen Aufenthaltsort (und glaubte, sein Name sei Bill), aber es schien gut möglich, dass auch er auf dem Meeresboden lag.

Arme Agnes. Arme Mabel.

Ihrer Mutter erzählte sie von alldem nichts. Immer eins nach dem anderen. Und bestimmt würde es sich mit der Zeit ergeben, dachte sie, dass Ronnie selbst ihrer Mutter von seinem Leben erzählte. Erst einmal musste sie ihrer Mutter von Ronnie erzählen, und auch damit ließ sie sich Zeit, denn sie wollte sich ihrer Sache sicher sein. Aber dann kam der Tag, als sie von einem Telefon im Belmont Theatre ihre Mutter anrief und sagte: »Stell dir vor, Mum, ich arbeite mit einem Zauberer zusammen.«

Und dann, es war gar nicht so lange danach, sagte sie: »Stell dir vor, Mum, wir wollen heiraten.«

Das war nicht unbedingt das, was eine Mutter von ihrer einzigen Tochter hören wollte, aber die Antwort ihrer Mutter war schlicht und kam von Herzen. »Oh, das ist wunderbar, Schätzchen. Und wann lerne ich ihn kennen?«

Allem Anschein nach wurden zwischen Ronnie und seiner Mutter keine ähnlich gefühlsbeladenen Neuigkeiten ausgetauscht. Evie fragte sich sogar, ob Ronnies Mutter überhaupt von der Existenz ihrer zukünftigen Schwiegertochter wusste. Vielleicht auch gut so, dachte sie später.

Dennoch war Evie ein paar Monate lang in ihrem Leben töricht genug gewesen zu denken, ihre bevorstehende Heirat mit Ronnie könnte zweierlei bewirken. Sie würde Ronnie heiraten, das war das eine. Aber könnte diese glückliche Verbindung, selbst die Aussicht darauf, nicht eine Aussöhnung zwischen Mutter und Sohn herbeiführen? Wenn Evie sich Ronnies Mutter vorstellte, sah sie zwei Mütter, die in bitterer Zwietracht in ein und derselben Person lebten. Die eine hieß Agnes und hatte ein Herz aus Stein, die andere war Dolores, deren Herz nur darauf wartete zu schmelzen.

Sie selbst jedoch, Evie White, mit einem schlichten und, wie sie glaubte, ungeteilten Herzen, war töricht genug gewesen, jemanden, den sie gar nicht kannte, auf diese kindische Art zu analysieren. Töricht genug, an solchen Hokuspokus zu glauben.

An einem Morgen Anfang Juli 1959, zwei Wochen nach Saisonbeginn, stieg Mabel White am Bahnhof von Brighton aus der Brighton Belle aus. Sie hatte einen kleinen weißen Koffer bei sich und trug ein bunt gemustertes Sommerkleid (beides neu gekauft) und einen Sonnenhut, der mit einem eigenen kleinen Blumengarten ausgestattet war. Zielstrebigen Schrittes ging sie den Bahnsteig entlang zur Sperre, blieb auf halbem Wege mit einem freudig erregten Ausdruck stehen und winkte lebhaft.

Dies war eine Frau, die wusste, wie man einen Auftritt gestaltete, und die eindeutig beabsichtigte, ihr Wochenende am Meer voll auszukosten. Die Anspannung, die Evie verspürt hatte, als sie mit Ronnie an der Sperre wartete, verflog beim Anblick dieser lebhaften Person, die da auf sie zusteuerte. Mabel hatte, wie Evie wusste, ihre Enttäuschungen gehabt, aber da war sie, fast fünfzig, frisch wie eine Meeresbrise.

Evie hätte sich zu Ronnie umwenden und, zum Zeichen, dass sie ihren Teil der Abmachung einhielt, sagen können: »Siehst du, das ist *meine* Mutter.«

Stattdessen sagte sie zu Mabel, die strahlend vor ihnen stand: »Mum, das ist Ronnie.«

Evie wusste nicht (sie würde es auch nie wissen), welche Erinnerungen Ronnie mit Bahnhöfen und Müttern verknüpfte und wie vielschichtig seine eigene Nervosität war, aber an dem beklommenen Ausdruck, den sie zuweilen während dieses ansonsten erfrischenden Besuchs in seinen Augen sah, erkannte sie, dass zwischen Ronnies Mutter und ihrer eigenen Welten lagen.

Und war Mabel von Ronnie beeindruckt?

»Das ist er also – der Zauberer!«

Ihre Mutter war immer direkt. Sie trug kleine weiße Handschuhe.

Nach der Vorstellung an dem Abend – »Ihr wart einfach umwerfend, meine Süßen!« –, als Mabel und Jack miteinander bekannt gemacht wurden, wusste Evie gleich, dass ihre Mutter sich, wäre sie zwanzig Jahre jünger gewesen, bereitwillig in die Reihe der jungen Floras eingefügt hätte. Sie flüsterte Evie ins Ohr: »Was für ein Mann!« Sie meinte Jack, nicht Ronnie.

Es wurde spät, und ihre Mutter, die ein wenig beschwipst war – sie saßen in der Bar eines Hotels an der Strandpromenade, wo Mabel ein Zimmer hatte –, vergaß zeitweilig den Hauptgrund ihres Besuchs in Brighton, was man ihr nachsehen konnte, dennoch war Evie für eine Weile bekümmert, aber sie sagte sich, ihre Mum und Jack verstünden sich so prächtig, weil Jack, wie sie inzwischen wusste, ebenfalls eine »theatralische« Mutter hatte. Aber das hob nur noch deutlicher hervor, dass Ronnies Mutter ganz anders sein musste. Wie Ronnie wohl zumute war, fragte Evie sich, am Tisch neben seiner zukünftigen Schwiegermutter, die Jack schöne Augen machte, und sie suchte unter dem Tisch seine Hand und drückte sie.

Beim Abschied auf dem Bahnhof hatte Mabel sie mit Küssen überschüttet und ihre »Küken« genannt. Zwar war das Wochenende insgesamt ein Erfolg gewesen, aber es hatte auch eine Schwierigkeit ins Blickfeld gerückt. Für Evie, von der unverminderten Lebensfreude ihrer Mutter frisch gestärkt, schien die Lösung auf der Hand zu liegen. Ein ähnlicher Besuch von Ronnies Mutter musste stattfinden. Evie war bereit, die Herausforderung anzunehmen, und sah sich – unterstützt von der Seeluft und von Freikarten für die Vorstellung – als Mittlerin der Versöhnung. Sie hatte etwas von dem sonnigen Temperament ihrer Mutter abbekommen.

Doch schon bald gab sie die Idee wieder auf. Es war nur allzu offensichtlich, angesichts des Mangels an Begeisterung, den Ronnie zeigte, dass es zu diesem Besuch niemals kommen würde. Sie hörte auf, Ronnie nach seiner Mutter zu fragen, dachte aber weiter über sie nach, und die gestrengen Bilder, die sie sich von ihr machte, stellte sie neben die noch ganz frischen Bilder von ihrer eigenen Mutter, und sie fragte sich – während sie den Verlobungsring am Finger drehte –, worauf sie sich da wohl eingelassen hatte.

Es war das erste Wanken. Warum hatte sie so schnell Ja gesagt?

Und die Worte ihrer Mutter – außer ihr hatte niemand sie gehört – klangen noch in ihrem Ohr: »Was für ein Mann!«

Irgendwie, irgendwo, irgendwann müsste sie Ronnies Mutter kennenlernen. Aber dieser Gedanke wurde bald von einem anderen verdrängt, von einer völlig anders gearteten Frage. Bis zum heutigen Tag, allein hier in ihrem Schlafzimmer, hat sie keine Antwort auf diese Frage, die dennoch hartnäckig in ihrem Kopf blieb.

Wie konnte sie – oder auch Ronnie – wissen, ob Mrs Deane nicht inzwischen längst nach Brighton gekommen war? Heimlich und aus eigenem Antrieb, um einen Blick auf die Frau zu werfen, die ihr Sohn ausgewählt hatte, und um sich gleichzeitig den ganzen Unfug, diesen Zauberkram anzusehen, den er da veranstaltete. Nichts wäre einfacher gewesen. Sie brauchte nur in den Zug nach Brighton zu steigen, sich eine Eintrittskarte zu kaufen und unbemerkt in den Zuschauerraum zu setzen.

Hatte sie, verborgen im Dunkeln, ihr strenges Urteil über sie beide gefällt, über die ganze lächerliche Angelegenheit, und war wieder gegangen? Sie würden nie erfahren, dass sie beobachtet worden waren.

Und welche Gedanken wären ihr wohl dort im Zuschauersaal durch den Kopf gegangen. Das ist mein Ronnie da oben, jetzt nennt er sich »Pablo« und sägt seine zukünftige Frau in zwei Teile. So kommt man auch zum Heiraten. Und wer ist das Mädchen überhaupt, wenn sie, wie es sich gehört, erst einen Haushalt hat, das Mädchen mit der Federboa und den Pailletten und sonst kaum was an, und einem Gesicht, als würde sie immerzu lächeln?

Doch dann erfuhren sie, obwohl die Hälfte der Saison noch vor ihnen lag und ihre Nummer immer mehr Zuschauer anlockte, dass Mrs Deane – Agnes Dolores Deane –, ungeachtet dessen, ob sie nach Brighton gekommen war oder nicht, jetzt nicht mehr kommen würde, weder heimlich noch sonstwie, weil sie nämlich gestorben war.

»The show must go on«, so ist das, aber manchmal gibt es Ereignisse, die das verhindern. Es war Anfang August, immer mehr Feriengäste strömten nach Brighton, das Publikum für die Show auf dem Pier wuchs ständig. Wenn Jack sich nach hinten schlich, um von dort aus zuzugucken, gab es unter Umständen keine freien Plätze. Und die Nummer »Pablo und Eve« war inzwischen die Hauptattraktion, da gab es kein Vertun. Auf den Plakatwänden erschienen ihre Namen ganz oben und in immer größeren Buchstaben, und daneben klebten mittelmäßige Fotos – Pablo mit intensivem Blick, Eve mit gelöstem Lächeln.

In seiner Kulturkolumne schrieb Eddie Costello auf lässighumorvolle Art: »Zwei Zauberkünstler und ein zauberhaftes Paar.« Und das sei auch zu hoffen, fügte er hinzu, schließlich seien sie, wie allseits bekannt, verlobt. Dieses Wundermärchen umschwebte ihren Auftritt, als wäre es ein zusätzlicher Zaubertrick. Warum auch nicht – es stimmte ja. Jedoch stimmte nicht, obwohl Eddie das andeutete, dass ihre Liebesgeschichte in Brighton begonnen hatte, wo sie sich angeblich auf dem Pier kennengelernt und zum Rauschen der Wellen verlobt hatten. Aber sollten die Leute in Brighton das ruhig glauben! Nur Ronnie und Evie – oder auch Pablo und Eve – wussten, dass sie sich in Wahrheit in Finsbury, einem Stadtteil von London, nicht weit von der City Road und im rötlichen Schein eines tragbaren Belling-Heizgeräts, zueinander bekannt hatten.

Davon abgesehen waren die Zaubertricks (so werden sie nun mal genannt, daran kann man nichts ändern) erstaunlich, und sie wurden von Mal zu Mal noch gekonnter und waghalsiger vorgeführt. Zur Enttäuschung mancher Zuschauer führte Ronnie seltener die alten Nummern mit den Kisten und Schwertern auf – »alles alter Kram«, sagte er – und brachte immer mehr Neues auf die Bühne, das er – oder sie gemeinsam – entwickelt hatten. Das konnte man sich nicht bei anderen Zauberern abgucken. Er riskierte einiges, aber es funktionierte. Gib den Menschen, was sie sehen wollen, sicher, aber warum sollte es nicht etwas wirklich Atemberaubendes sein?

Kurzum, Ronnie entfernte sich – und nur er hätte es so ausdrücken können – von der Zauberkunst und wandte sich der Magie zu. Es gab einen Unterschied, einen Unterschied in der Zielsetzung, aber auch einen Unterschied im Wesen der beiden Dinge. Zwischen beiden lag eine gefährliche Scheidelinie, und Ronnie erkannte in sich die Fähigkeit, sie zu überqueren. Er sah das Land der Magie, es winkte ihm zu. Niemand wusste, was es bereithielt. Und vielleicht gab es von dort kein Zurück. Es war nicht einfach ein anderer Bereich des Showbusiness, das verstand er wohl, sondern eine völlig andere Welt mit ihren eigenen Gesetzen und Anforderungen. Aber er war noch jung, wer weiß, wozu er imstande sein würde.

Wenn er über diese andere Welt nachdachte, gab es nur einen Grund, weshalb er zögerte, und es war nicht Mangel an Mut. Wie könnte er Evie mitnehmen? Wie könnte er – und sollte er das überhaupt – die Hand ausstrecken und sie bitten, mit ihm gemeinsam diesen Sprung zu wagen? Aber es nicht zu tun, war auch unmöglich. Nicht, dass er seine Macht unterschätzte, aber er wusste inzwischen auch, es war eine Tatsache seines Lebens geworden, dass er nichts ohne sie tun konnte.

Während seine Kunstfertigkeit auf der Bühne wuchs, war er in sich zerrissen und verunsichert. Eric Lawrence hatte ihm zwar viele Weisheiten mitgegeben, aber er hatte nie gesagt: »Such dir eine Assistentin.« Das war Jacks Idee gewesen. Wie also, das fragte Ronnie sich so manches Mal, hatte die Frage aber nie laut zu stellen gewagt, war Eric zu seiner Penny gekommen?

Auf der Bühne strahlte Evie unentwegt, dennoch sah er manchmal einen ängstlichen Ausdruck in ihren Augen, wie bei jemandem, der vor einem Sprung zögert. Zuweilen, wenn er sie bei den Proben in seine neuesten verrückten Ideen einweisen wollte, kam ein gereizter Ton auf. »Das geht mir zu weit«, sagte Evie dann, oder: »Damit hängst du mich ab, Ronnie.«

Er erinnerte sich noch, wie sie, strahlend vor Erregung, zu ihm gesagt hatte: »Auch für mich ist das ein neuer Aufbruch.«

Manchmal trat während der Vorführung ein fast besessener Ausdruck in Ronnies Augen, und er richtete seinen Blick auf das Publikum, als wollte er sagen: »Ihr glaubt, das kann ich nicht? Ihr glaubt, das ist nicht möglich?« Und seine dunkel glühende Konzentration wurde von Evies strahlendem Lächeln genau in der richtigen Balance gehalten. Das Publikum – und auf das kam es schließlich an – sah einfach, dass sie Hand in Hand arbeiteten und zusammen Erstaunliches vollbrachten. Es ließ sich nur schwer feststellen, wann ein neuer »Trick« (um bei dem Wort zu bleiben) aufgenommen und ein alter beiseitegelegt wurde. Ihr Auftritt war ein Phänomen im Fluss, hochspannend und aufregend. Man konnte nie wissen, was als Nächstes passieren würde. Das allein schon war Teil der Attraktion.

Auf den Plakatwänden stand jetzt über ihren Namen die Aufforderung: »Sehen Sie selbst!« Aber eines Tages – Jack hatte die Idee gehabt – war der Zusatz um einiges kühner.

»Warum nennst du dich nicht der *Große* Pablo, Ronnie. Du musst im großen Rahmen denken.«

Ronnie hatte seinen Freund eine Weile lang angesehen, aber keine Einwände erhoben. Auch die Veranstalter hatten keine. Und Brighton mit seinen Feriengästen sowieso nicht.

»Sehen Sie selbst! Erleben Sie den Großen Pablo!«

Aber Eve blieb Eve. Und Jack blieb Jack.

»Und jetzt, verehrtes Publikum, werden Sie große Augen machen, Ihnen wird der Mund offen stehenbleiben, Sie werden es nicht glauben können. Ich möchte Ihnen meinen außergewöhnlichen Freund vorstellen, den Großen – ja, ganz richtig, den Großen – Pablo! Er ist kein Mann der Worte, aber das hat er auch nicht nötig, wie Sie sehen werden. Und ich möchte Ihnen Eve vorstellen – auch da werden Ihnen die Augen übergehen, meine Herren – die reizende, die entzückende, die herzbetörende – Eve!«

Schwer zu sagen, wann Ronnie über den einen, den richtig großen Zaubertrick nachzudenken begann, das sensationelle Glanzstück, das sie zum Stadtgespräch machen sollte. Wahrscheinlich um die Zeit, als er zum Großen Pablo wurde. War es vor oder nach den beiden Vorstellungen, die er und Evie, zum Bedauern der Zuschauer, versäumen mussten? Und wann genau war das? Fast schien es – ganz so, als wäre es ein besonders raffinierter Bühnenkunstgriff –, als hätte Pablo sich absichtlich für achtundvierzig Stunden rargemacht, um dann mit neuer Kraft und in neuer Form als der Große Pablo zurückzukommen. Und, genau, mit einem neuen Zaubertrick. Und was für ein Trick das war!

Er mochte das Wort nicht, verachtete es sogar. Vielleicht war das zur selben Zeit – der Zeit, als er der Große Pablo wurde –, dass er eines Abends im Walpole seine Meinung dazu äußerte. Oder er gab der Sache eine neue Bedeutung. Alle Menschen arbeiteten mit Tricks, sagte er, die ganze Zeit. So war es doch. Aber Magier – er sagte das nicht zum ersten Mal – arbeiteten mit Illusionen. Und nachdem er das gesagt hatte und leicht verstimmt zur Bar gegangen war, um eine neue Runde zu bestellen, lehnte Jack sich zu Evie hinüber und sagte: »Tricks? Illusionen? Wo ist da der Unterschied, Evie? Kannst du mir das erklären?« Er hatte sich nah zu ihr gebeugt und seine Stimme zu einem Flüstern gesenkt, und als sein Atem ihr Ohr streifte, musste er plötzlich an das Meeresgeräusch denken, das man angeblich in Muscheln hören konnte. Das würde man nicht als Trick bezeichnen, dachte er, da wäre Illusion das richtige Wort, trotzdem nahm er nicht zurück, was er gerade zu Evie gesagt hatte.

Um diese Zeit herum erhielt Ronnie von einem Krankenhaus in London einen Anruf mit der bestürzenden Nachricht, dass seine Mutter krank sei. Es war sogar von »ernsthaft krank« die Rede, und die Mitteilung ließ sich leicht entschlüsseln: »Kommen Sie unverzüglich, ehe es ...«

Es war das Herz. Er dachte an Eric Lawrence und dessen schwächelndes Herz, als könnte eine sonderbare Verbindung bestehen. Dass seine Mutter etwas mit dem Herzen hatte, war Ronnie neu. Seiner Mutter wahrscheinlich auch. Außerdem hatte er so gut wie vergessen, dass er ihr eine Telefonnummer geschickt hatte, für alle Fälle ...

Einer dieser Fälle hätte ihr plötzlicher (und zuvor nie erklärter) Wunsch sein können, ihren Sohn auf der Bühne zu sehen und zur gleichen Zeit seine zukünftige Frau kennenzulernen – Gründe, aus denen die Herzen von sowohl Mutter als auch Sohn hätten weich werden können. Aber ob Ronnie je eine Einladung ausgesprochen hatte oder ob er seiner Mutter erzählt hatte, dass er verlobt war, wusste nur Ronnie allein.

Bisher jedenfalls hatte es keine Telefonate gegeben, weder so herum noch andersherum, aber er vermutete, dass seine Mutter den Leuten im Krankenhaus die Nummer gegeben hatte oder dass die Schwestern sie bei den Sachen seiner Mutter gefunden hatten. Er war nämlich derjenige, als den er sich selbst nur schwerlich sehen konnte: der »nächste Verwandte«.

Hatte seine Mutter in ihrem bedenklichen Zustand gewollt, dass er davon erfuhr? »Mein Sohn muss informiert werden.« Das würde er nie erfahren. Während er jetzt am Telefon diese schlimme Nachricht entgegennahm, dachte er an all die Telefongespräche, die während des Krieges, als Mutter und Sohn jahrelang getrennt waren, nicht stattgefunden hatten. Eigentlich waren sie seitdem ständig getrennt gewesen. Dann fielen ihm die weißen Taschentücher ein – ihm kam es wie gestern vor –, die alle Mütter schwenkten, als er mit den anderen Kindern in den Zug geladen wurde. Ein Schneegestöber weißer Taschentücher: Er konnte nicht erkennen, welches das seiner Mutter war. Dann dachte er daran, wie sie seine Hand gedrückt hatte, als sie ihn am Schultor verließ.

»Sagen Sie ihr, ich bin auf dem Weg.«

Was sollte er sonst sagen? »Ich bin Zauberer«? Sagen Sie ihr, ich schwinge den Zauberstab und bin da? Und das mit meinem eigenen Vorrat an weißen Taschentüchern?

Doch dann dachte er an die Vorführung am Abend. Er konnte sie doch nicht einfach ausfallen lassen, oder? Aber Evie und Jack hatten gesagt, etwas anderes komme nicht infrage, er müsse zu seiner Mutter fahren. Sie waren plötzlich wie ein Paar, das ihm vorschrieb, was er zu tun hatte. Das warf eine weitere Frage auf: Würde Evie ihn begleiten? Würde Evie, seine zukünftige Frau, die seine Mutter bisher nicht kennengelernt hatte, mit ihm kommen, wenn er seine Mutter besuchte, möglicherweise zum letzten Mal?

Er fragte nicht. Sie sagte nichts. Es war zwar keine Prüfung, aber anscheinend würde sie ihn nicht begleiten, und in Anbetracht aller Umstände konnte er das verstehen. Er würde nicht darauf bestehen. Doch plötzlich fühlte er sich sehr allein, und Evie schien vor ihm zurückzuweichen, bis sie nur noch verschwommen zu erkennen war, als wäre sie diejenige, die ihn diesmal zum Zug brachte. Was ja fast buchstäblich der Fall war.

Sie beide sagten, er müsse fahren. Jack sagte, Ronnie solle nicht weiter grübeln. Er würde eine besondere Ansage machen, klar. Er würde das Wort benutzen, das im Theater für alle möglichen Vorkommnisse benutzt wurde: »Unpässlichkeit«. Wie der Ausdruck »der nächste Verwandte« war es eins dieser Wörter, die zwar nicht oft benutzt wurden, in bestimmten Fällen aber zu ihrem Recht kamen.

Dann sagte Jack: »Oder meinst du, Evie und ich sollten deine Nummer übernehmen.« Das war ein schlechter Witz in einer Situation, in der Witze unangebracht waren, ein misslungener Versuch, einer angespannten Situation die Spannung zu nehmen. Aber er hatte es gesagt.

Ronnie Deane stieg also in den Zug nach London, und obwohl alles andersherum ablief und er seit vielen Jahren erwachsen war, konnte er das Gefühl nicht abschütteln, dass er in Wirklichkeit acht Jahre alt war und vielleicht, in gewisser Weise, immer gewesen war. Er war nie erwachsen geworden. Er wurde evakuiert, irgendwie gab es wieder Krieg, er saß im Zug, nur dass er diesmal hin zu seiner Mutter fuhr. Und das war genauso schlimm.

Der Unterschied bestand darin, dass er mit acht Jahren nichts von Zauberei gewusst hatte, sie war noch nicht in sein Leben getreten. Und während er zu seiner Mutter fuhr, dachte er wieder darüber nach, wie absurd und nutzlos diese Sache war, die er dennoch zum Inhalt seines Lebens gemacht hatte.

»Zauberer, Ronnie. Was soll der Mist, verdammt?«

Gute Frage. Es war Anfang August. Sussex reif, grün, schläfrig in der Sommerhitze – glitt vorbei, und er reiste in die verkehrte Richtung, weg von der Küste, weg von diesem glücklichen Streifen Land, der den Ferien und dem Vergnügen vorbehalten war, wo die Menschen sich wenigstens einmal im Jahr verlustieren und amüsieren wollten.

Gelegentlich war er auf einer Zugreise im Gespräch mit Fremden in die unbehagliche Situation geraten, wo ihm die harmlose Frage gestellt wurde: »Und – was machen Sie beruflich?« Manchmal hatte er gelogen. Aber meistens hatte er unerschrocken die Wahrheit gesagt. Das Wort an sich war nicht schwierig.

Möglicherweise dachte sein Gesprächspartner, das sei gelogen. »Sie wollen mir was vormachen.« Oder sie wollten, dass er einen Zaubertrick vorführte, zum Beweis. Oder das Gespräch wanderte in den Bereich reinen Wunschdenkens ab, wo man annahm, er könne einfach *alles* bewerkstelligen. Die Probleme des Mitreisenden lösen, zum Beispiel. Oder Geld an Bäumen wachsen, Träume wahr werden lassen. Machen Sie doch mal, wenn Sie wirklich sind, was Sie behaupten. Und schon waren sie enttäuscht, wurden sogar ein wenig misstrauisch, wenn sich herausstellte, dass er nicht einfach alles konnte, sondern nur einige wenige Dinge.

Und Sie wollen Zauberer sein?

Das war deprimierend, ja, demütigend. Wie leicht war es doch, ja sogar beneidenswert, sagen zu können, man sei Klempner oder Vertreter. Wie leicht war es beim Militär gewesen, als er Uniform trug und keine Befragung dieser Art über sich ergehen lassen musste.

Wunder, wollte er dann am liebsten sagen, Sie sprechen von Wundern. Zauberei – ja, Wunder – nein. Wunder sind für Wunderwirkende.

Von Magie sprach er nie.

Jetzt schien sich diese hartnäckig bohrende Person – dabei saß niemand neben ihm, und er konnte einfach aus dem Fenster gucken – wie zur ausgleichenden Gerechtigkeit in seinem Kopf festgesetzt zu haben. Vielleicht war es seine Mutter selbst, die ihn sich höhnisch vorknöpfte.

Dann komm doch, Herr Zauberer. Zeig mal, was du kannst.

Er kam, wie sich herausstellte, zu spät. Alle Mächte, die er hätte bewegen können, selbst die schlichte Macht seiner Anwesenheit – alles hatte kläglich versagt. Als er eintraf, teilte man ihm mit, seine Mutter sei vor zwei Stunden gestorben. Da hatte er noch im Zug gesessen und sich mit all diesen unnützen Fragen herumgeschlagen.

Seine Mutter war tot, weg, nicht mehr da. Was blieb, war eine nicht unerhebliche Herausforderung.

»Selbstverständlich«, wurde ihm gesagt, »können Sie Ihre Mutter sehen, wenn Sie das gern möchten ...«

Sie sehen? Wie sollte er sie sehen, wenn sie nicht mehr da war? Andererseits, da man ihn schon fragte, wie konnte er es ablehnen? Wie hätte er sagen können: »Nein, schönen Dank«, und sich abwenden?

»Ja, ich möchte sie gern sehen. Ja.«

Und da war sie. Und auch wieder nicht. Es gab einen kleinen Raum, in dem seine Mutter aufgebahrt lag. Er sah sie, und auch wieder nicht, und gleichzeitig gelang es ihm nicht, diesen verstörenden Gedanken zu verdrängen: Konnte sie *ihn* sehen? Sprach sie ein Urteil über ihn? Ihr endgültiges Urteil, machte ihre letzte spöttische Bemerkung, die unbeantwortet bleiben musste.

Da bist du ja, Ronnie. Endlich. Vielen Dank, dass du den Weg hierher gemacht hast. Schade nur, dass wir nicht noch Zeit für einen letzten Plausch hatten. Vielleicht hätte es uns nicht weitergebracht. Wahrscheinlich nicht. Jedenfalls ist hier das Wesentliche für dich. Da bin ich. Da sind wir. Dies ist deine Mutter Agnes. Und jetzt kannst du einen deiner kleinen Zaubertricks vorführen, wenn du dazu in der Lage bist. Also mach schon.

Was sollte er tun? Sollte er zu ihr sprechen? Der kleine Raum mit seiner seltsamen Ausstattung hatte etwas gewollt und künstlich Bühnenhaftes. Sollte er sagen, dass es ihm leidtat? Dass ihm alles, was er getan, und alles, was er nicht getan hatte, leidtat. Plötzlich war sein lebendiger Körper von der Erkenntnis durchdrungen – gleich darauf verließ sie ihn wieder –, dass dies die einfachste und zugleich unfassbarste Wahrheit der Welt war: Dies war seine Mutter, und er würde – er könnte –

hier nicht stehen ohne sie. Dies war seine Mutter, aber sie war nicht mehr da. Trotzdem war sie da. Wie konnte ein Mensch, wie konnte ein Ding einfach verschwinden?

Er beugte sich vor und küsste ihre Stirn. Sie fühlte sich kalt an, und seine Mutter gab kein Zeichen – kein Lächeln oder Stirnrunzeln, keine Regung –, dass sie wusste, was er tat. Ihm kam es so vor, als berührten seine Lippen die kalte Oberfläche von Wasser, von dunklem turbulentem Wasser, in dessen Tiefe sein Vater lag, auch er, ohne es zu merken.

Er musste zwei weitere Nächte bleiben, um das unmittelbar Anstehende zu regeln. Es war das Herz gewesen, ja, das Herz. Sie war erst neunundvierzig Jahre alt gewesen. Er hätte in dem Haus in Bethnal Green schlafen können, zog es aber vor, in der Wohnung in Finsbury zu übernachten – er hatte sie den Sommer über behalten –, wo er und Evie oft geschlafen hatten. Er empfand große Erleichterung darüber, dass Evie nicht da war, und spürte zugleich sehr intensiv ihre Abwesenheit. Ihm kam es wie eine Ewigkeit vor, seit sie das erste Mal zusammen vom Belmont Theatre in seine Wohnung gegangen waren und Evie ihn nach seiner Mutter gefragt hatte.

Wegen der Dinge, die zu erledigen waren, musste er ohnehin zu dem Haus in Bethnal Green. In dem Haus, in dem sein Leben begonnen hatte und wohin seine ersten Erinnerungen zurückreichten, kam er sich wie ein Eindringling vor, ein Hochstapler, ein Dieb.

Dies waren zwei der schlimmsten Tage seines Lebens, aber noch Schlimmeres stand bevor. Hatte er die leiseste Ahnung davon?

Als er für die Rückfahrt zur Victoria Station kam, standen auf dem Bahnsteig lauter fröhliche Ausflügler, die nach Brighton fahren und einen Tag am Meer verbringen wollten, und das bewog ihn zu einer seltsamen Entscheidung: Er kaufte sich eine Fahrkarte erster Klasse, damit er abgeschirmt und in Ruhe sitzen und aus dem Fenster gucken konnte. Er hörte deutlich die Stimme seiner Mutter. »Du fährst zu deiner toten Mutter, Ronnie, und für den Rückweg kaufst du dir eine Fahrkarte erster Klasse!« Er verließ sie erneut. Diesmal stimmte die Richtung, oder, in einem tieferen Sinne, war es die falsche. Er fuhr wieder nach Evergrene, mit einem Schild um den Hals. Nein, so war es nicht.

Auf der Fahrt nach Brighton blickte er auf sein Leben zurück, fast so, als wäre es zu Ende. Das war widersinnig, er wusste das. Sein ganzes Leben lag vor ihm. In wenigen Wochen würde er Evie heiraten. Doch in wenig mehr als einem Jahr war zweimal der Tod in sein Leben getreten. Einmal – mit einem Segen, einem Geschenk verbunden – im Fall von Eric Lawrence. Und jetzt, im Fall seiner Mutter, mit einer Verurteilung. Er war mehrfach verwaist. Selbst seinen Ziehvater, seinen Mentor, hatte er verloren, ohne einen letzten weisen Rat, der ihm hilfreich gewesen wäre. Man musste wahrhaftig ein wenig verrückt sein, wenn man an die Zauberkunst glaubte, ganz zu schweigen davon, dass man sie zu seinem Beruf machte.

Dennoch wollte er weiterhin Wunderdinge auf der Bühne vollbringen, wollte Sachen vollbringen, die den Menschen unglaublich erschienen.

Sein ganzes Leben lag vor ihm? Wer weiß. Seine Mutter war neunundvierzig geworden. Sein armer Vater war erst dreißig gewesen, als sein Schiff von einem deutschen U-Boot torpediert wurde.

Papageien leben angeblich sehr lang, aber es sind Vögel. Und sie fliegen davon.

Er sah aus dem Erster-Klasse-Fenster, die Nase an die Scheibe gepresst (niemand konnte sein Gesicht sehen), und seine Augen füllten sich mit Tränen, doch gleichzeitig stellte er sich die legitime Frage: Bist du denn nicht glücklich? Hatte er nicht allen Grund, glücklich zu sein? Hatte er in seinem bisher eher kurzen Leben nicht seinen Daseinssinn gefunden? Hatte er nicht die Frau gefunden, die er liebte? War seine Kindheit nicht glücklich gewesen, seine wunderbare, überraschende zweite Kindheit? Vielleicht hatte seine Mutter das immer gewusst.

Die Menschen sagen nicht gern, dass sie glücklich sind, weil sie glauben, dann würde etwas Schlimmes passieren. Aber ihm war ja etwas Schlimmes passiert, er war also gefeit. Trotzdem, wie konnte er sagen, auch wenn es zutraf, dass er glücklich war, wo doch seine Mutter gerade gestorben war? »Du kommst zu deiner toten Mutter, Ronnie, und für den Rückweg kaufst du dir eine Fahrkarte erster Klasse und sagst, du bist glücklich!«

Die Menschen glauben nicht gern an Zauberei, aber sie können sehr abergläubisch sein.

Vor dem Zugfenster gingen die Vororte in grüne Felder über, Sussex löste Surrey ab. Weizenfelder zogen vorüber, gelb und schwer, der Ernte harrend. Aber zum Leidwesen der Erntearbeiter und der Ausflügler im Zug war der Himmel nicht mehr von dem wohlwollenden Blau wie auf der Hinreise. Schwere Wolken hatten sich zusammengeballt, wie das in englischen Sommern oft geschieht, und plötzlich wandelte sich alles, was draußen an Ronnie vorbeizog, ins Stürmische und Dramatische. Regen schlug schräg an die Fenster, Wiesen verschwommen zu einem undeutlichen Grün, und seine eigenen Tränen kamen ihm dumm vor.

Doch dann und ebenso plötzlich, während in der einen Hälfte der Welt der Regen weiter in langen, glänzenden Strichen vor immer noch dunklen Wolken fiel, war die andere Hälfte der Welt wieder in Sonnenschein gebadet.

In Evergrene – er war gerade zehn geworden – hatte er abends einmal im Wohnzimmer vor Eric und Penny gestanden. Sie hatten ihre Sessel nebeneinandergeschoben, sodass sich eine kleine Reihe ergab und Ronnie vor einem Publikum von zwei Menschen stand, neben ihm der Tisch mit dem grünen Belag. Der Belag, das hatte er inzwischen gelernt, hieß »Boi«, ein hübsches Wort, aber er hatte auch gelernt, dass der Tisch eine Täuschung war. Es war ein Tisch und doch kein Tisch, und womöglich traf das auf eine Menge Dinge zu. Gewissermaßen war dies die erste Tür, durch die man gehen musste, wollte man zu einem neuen Verständnis von allem, was um einen herum war, gelangen.

Der Tisch war einfach ein Tisch, und es war offensichtlich, dass auf seiner grünen Oberfläche nichts lag und dass die dünnen Beine Scharniere hatten, sodass sich der Tisch zusammenklappen und wegstellen ließ. Schließlich war es ein Kartentisch, der nur bei Bedarf hervorgeholt wurde. Aber niemand sah – warum auch? –, dass er lauter Fächer und Vertiefungen und Ausziehmöglichkeiten hatte, die sich in seinem Inneren sowie in dem Raum, in dem er stand, verbargen. Neben dem sichtbaren gab es also ein komplettes anderes, ein geheimes Möbelstück, und die Aufgabe bestand darin, das Publikum das *nicht* sehen zu lassen.

Später erst begriff Ronnie, wie kurzsichtig und dumm das Publikum sein konnte.

Er tippte mit dem Zauberstock ein paarmal auf den Tisch, dann fuhr er mit der Hand mehrmals über die Tischfläche und um den Rand herum. Er klopfte mit dem Zauberstab gegen die spilligen Beine und schwenkte ihn dazwischen hin und her, um zu zeigen, dass der Tisch nichts weiter als ein Tisch war, umgeben von Luft. Er tat das mit bedächtigen, fließenden Bewegungen – das war sehr wichtig – und mit ausschweifenden

Gesten der Arme und Hände. Damit zeigte er den Zuschauern, dass man ihm vertrauen konnte, dass er die Selbstsicherheit hatte und die Dinge beherrschte – den Gang der Vorführung bestimmte er. Aber der Zweck war gleichzeitig, nebenher ungesehene Dinge zu tun.

Anschließend ging er um den Tisch herum, erst in die eine Richtung, dann in die andere, und zeigte abermals, dass da nichts als Luft war, und zugleich demonstrierte er, dass der Tisch ihm zu Gehorsam war, wie ein Biest, das er gezähmt hatte.

Sein kleines Publikum von zwei Zuschauern richtete jetzt seine ganze Aufmerksamkeit auf den Tisch, betrachtete ihn neugierig und gespannt und war gleichzeitig in seiner Konzentration unwissentlich auf eine Weise abgelenkt, wie Ronnie es sich wünschte. Natürlich waren Eric und Penny, seine Zuschauer, kein richtiges Publikum, denn sie wussten, wie es ging, aber jetzt sollten sie so tun, als wüssten sie es nicht, und prüfen, ob er es schaffte, sogar sie zu blenden. Es war eine Prüfung, in gewisser Weise sogar ein Vorspielen. Eric glaubte, die Zeit dafür sei gekommen.

Im Katalog der Zauberkunst war es eine einfache Aufgabe. Lass etwas auf dem Tisch erscheinen, das einen Moment zuvor nicht da war. Was für ein Gegenstand es ist, entscheidest du. Mach eine Überraschung draus. Und denk daran: die ganze Zeit muss es eine Show sein. Nicht übertrieben, aber eine Show.

Draußen war es dunkel, ein Abend im November, wenige Wochen, nachdem Ronnie erfahren hatte, dass sein Vater auf See »vermisst« war, und inzwischen hatte er sich beinahe an die Tatsache gewöhnt. Eigentlich war sein Vater immer vermisst gewesen. Worin bestand dann der Unterschied? Und doch gab es einen Unterschied, den zu verstehen Ronnie Mühe hatte.

Während er fest hoffte, er könne an dem Abend dem Anschein nach etwas aus dem Nichts hervorzaubern – er hatte gelernt, wie man das macht –, wusste er, dass er seinen Vater nicht wiederbringen konnte. Zumindest lag das noch nicht im Rahmen seiner Fähigkeiten, er war lediglich ein wissbegieriger Anfänger. Seine intensive Beschäftigung mit der Zauberkunst war eigentlich, wie Ronnie allenfalls ahnte – während Eric und Penny es klar sahen –, eine Methode, ihn von den schmerzlichen Gedanken an seinen Vater abzulenken.

An dem Abend hatte Eric keine Luftschutzwartpflichten, aber die Verdunklungsvorhänge waren sorgfältig vorgezogen, und davor hingen die normalen Vorhänge. Wer weiß, möglicherweise war dies der Abend, an dem es der Luftwaffe einfiel, von London und Liverpool abzulassen und stattdessen Oxford in Schutt und Asche zu legen (wie sich herausstellte, war die Reihe an Coventry). Unterdessen hatte sich das Wohnzimmer in Evergrene zu einem kleinen Theatersaal gewandelt, in dem angespannte Stille herrschte und die dichten Vorhänge sowie das Licht der beiden Stehlampen mit den goldbefransten Lampenschirmen die erwartungsvolle Stimmung noch verstärkten.

Ronnie hatte lange darüber nachgedacht: *Was* sollte auf dem Tisch erscheinen? Seine Idee war vielleicht nicht besonders originell, aber sie würde genügen und es ihm zudem ermöglichen, der Sache eine besondere Note hinzuzufügen, die ein bisschen über die Show hinausging. Dafür waren einige Vorbereitungen erforderlich gewesen.

Nachdem er den Tisch mehrmals umrundet hatte, stellte er sich mit dem Rücken dazu und vor Eric und Penny hin, streckte die Arme mit den offenen Handflächen weit aus, um zu zeigen, dass an ihm nichts – rein gar nichts – Auffälliges war. Und dabei spürte er eine seltsame Macht. Es war die Macht des Augenblicks seiner Vorführung, aber er konnte das Gefühl nicht von dem Wissen trennen, dass er tatsächlich eine aufregende Fähigkeit erworben hatte und von jetzt an immer haben würde.

Er empfand zudem die seltsame Macht des Schweigens. Er hatte kein Wort gesagt – es war auch nicht nötig gewesen –, sondern sich lediglich bewegt. Und sein Schweigen hatte auch das Publikum verstummen lassen.

Doch jetzt machte er ein Geräusch, das er nicht beabsichtigt hatte. Es kam spontan und kräftig, ein plötzliches »Hah!« oder auch nur ein explosiver Ausstoß von Luft aus seiner Lunge. Im selben Moment zuckte er mit dem Zauberstab – der bis dahin untätig wie ein unbenutzter Trommelschlägel zwischen Daumen und Zeigefinger gehangen hatte –, führte die Arme seitlich nach oben und klatschte über dem Kopf die Hände zusammen. Dann trat er mit einer schwingenden Gebärde der Arme und seines ganzen Körpers zur Seite.

Auf dem Tisch, genau in der Mitte, stand jetzt eine Vase mit mehreren großblütigen roten Rosen. Es waren die letzten Rosen aus dem Garten, die bis weit in den November hinein – vielleicht aufgrund einer besonderen Macht, die Ernie hatte – noch nicht verblüht waren. Ronnie hatte sie von seinem Zimmer aus sehen können, und als er mit der Vorbereitung für dieses Ereignis beschäftigt war, hatten sie zu ihm gerufen.

Trotzdem fand er es nur angemessen, Ernie um Erlaubnis zu bitten. Ernie hatte gesagt: »Kannst du haben, Ronnie, sind nicht meine.« Ronnie hatte das Gefühl, dass Ernie genau wusste, was er vorhatte.

Also hatte er im Lauf des Tages die besten Rosen – fünf insgesamt – abgeschnitten und versteckt, so wie er auch eine Vase heimlich entwendet und versteckt hatte.

Und das Ergebnis von alldem war, dass Eric und Penny begeistert klatschten und auch Laute der Freude und Überraschung ausstoßen, wie man das von einem Publikum gemeinhin kennt, obwohl Ronnie das selbst noch nicht erlebt hatte. Und er spürte, dass die Begeisterung der beiden völlig aufrichtig war, sie war nicht gekünstelt, was ja der Fall hätte sein können, seinetwegen.

Es war das erste Mal, dass er Applaus bekam. Heilige Scheiße!

Aber das war noch nicht alles. Mit weiteren gleitenden und fließenden Bewegungen, als gehörte es zur selben Vorführung und hätte in sich einen eigenen Zauber, nahm er zwei Rosen aus der Vase, machte einen Schritt nach vorn in Richtung Zuschauer, die weiterhin klatschten, und überreichte Penny die eine Rose, Eric die andere, natürlich in dieser Reihenfolge und jedes Mal mit einer kleinen Verbeugung.

Es war eine Prüfung gewesen, ein Vorspielen und sein erster Auftritt, aber er hoffte, mit dieser Doppelgeste zum Schluss noch etwas ausgedrückt zu haben, das zwar – anders als die Vase mit den Rosen – unsichtbar war, das seine Zuschauer aber trotzdem »sehen« würden.

Eric und Penny nahmen die Rosen entgegen, jeder eine, und schienen ganz überwältigt, und wieder spürte Ronnie: Es war ein unvergleichliches Gefühl. Nicht nur hatte er etwas getan, das im Rahmen des Gewöhnlichen bewundert werden konnte, wie ein Kind bewundert wird, wenn es gelernt hat, Fahrrad zu fahren. Er hatte etwas Ungewöhnliches vollbracht, sogar etwas »Unmögliches«, und er spürte in sich die Macht dazu. Nicht nur war eine Vase mit Rosen aus dem Nichts erschienen. Er selbst war ein anderer Mensch geworden.

An zwei Abenden nacheinander musste Jack die Ansage machen. »Unpässlich.« Das enttäuschte, teils sogar unmutige Stöhnen zeigte ihm deutlich, was für ein Publikumsmagnet Pablo und Eve mittlerweile waren.

»Ich weiß, ich weiß«, sagte er. »Heute müsst ihr leider mit mir vorliebnehmen.«

Natürlich sagte er nicht, warum Ronnie (oder Pablo) »unpässlich« war. Schließlich wollte er die Ferienstimmung des Publikums nicht noch mehr trüben. Er gab auch keine Antwort auf die Frage, obwohl niemand sie stellte: »Was ist mit Eve?«. Er weitete seinen vorangehenden Auftritt – »Silvery Moon« – etwas aus, er erzählte ein paar zusätzliche Witze. Er sagte: »Da sieht man es, verehrtes Publikum, manchmal müssen Zauberer selbst verschwinden.«

»Aber keine Bange«, sagte er, »er kommt wieder. Pablo kommt zurück.« Was kein Trost für diejenigen war, das wusste er wohl, die Karten für diesen Abend gekauft hatten. Aus irgendeinem Grund kam es ihm da in den Sinn, dass Ronnie als der *Große* Pablo zurückkehren sollte.

Seinen Improvisationen zum Thema Mondschein fügte er einen besonders schmalzigen, aber zur Jahreszeit passenden Titel hinzu: »Shine On, Harvest Moon«. »Scheine, Vollmond, Erntemond«. Er hatte mit den Rockabye Boys, allerdings erfolglos, über eine gemeinsame Zusatznummer verhandelt (Lederjacke und Tolle inbegriffen, was sie entweder, dachte er, dumm oder perfekt aussehen ließe), doch dann zeigte Doris Lane sich gnädig und erlaubte ihm, um sie herum einen Schieber zu tanzen, unter der Bedingung, dass *sie* eine zusätzliche Nummer bekam – »Ich bin verknallt in dich.« (Es sei ihm vorgekommen, als würde er um Queen Victoria herumtanzen, soll er später gesagt haben.)

Am Ende des Abends schmückte er seine Abschiedsnummer aus, verlieh seinem Vortrag von »Red, Red Robin« mehr Nachdruck – oder erstaunliche Dringlichkeit, wie manche sagten. *Live, love, laugh and be happy! – Leben, lieben, lachen und glücklich sein!* Er tat sein Möglichstes, um die bedauerliche

Lücke in der Vorstellung zu füllen, aber bei vielen Zuschauern blieb das deutliche Gefühl zurück – und wer konnte es ihnen verübeln? –, dass sie nicht das bekommen hatten, wofür sie bezahlt hatten.

Die Sache wurde noch ärger, auch wenn das kaum Teil einer boshaften Verschwörung war, als das gute Wetter der letzten Tage umschlug, schwere Schauer über dem Pier niedergingen und die Wellen mit Schaumkronen besetzt an den Strand rollten. Das konnte der Unzufriedenheit der Zuschauer kaum entgegenwirken. Aber so ist das Meer: In einem Moment Ausgelassenheit und Heiterkeit, im nächsten triefende Trostlosigkeit.

Ein bisschen wie das Showbusiness.

Und natürlich waren dies zwei Abende, an denen er nicht nach hinten in den Zuschauerraum schlüpfte und einen Moment aufhörte, der Flinke Jack zu sein, und stattdessen zu einem Augenpaar im Dunkeln wurde. Andererseits gestand er Evie am ersten dieser beiden Abende – was er nicht tun musste –, dass er genau das gelegentlich tat. Und den Grund dafür.

Bloß ein altgedienter Varietékünstler? Das sollte ihn in den darauffolgenden Jahrzehnten nicht hindern, eine lange und erfolgreiche Karriere aufzubauen, erst als Schauspieler, dann als einer, der solche Shows selbst entwickelte. Bloß der Flinke Jack, der sich die Mädchen nahm, wie es ihm passte? Die Platzanweiserin hinten im Zuschauerraum? Du hast mich nicht gesehen, aber wollen wir uns nach der Show sehen? All das hinderte ihn nicht, zum Glück oder auch nicht, ein Mann zu sein, der sich verlieben konnte. Und der es dann Evie White erzählte.

»Ich wollte nicht die Nummer sehen, Evie. Ich wollte dich sehen.«

Damit war Evie, wenn auch weder passiv noch hilflos, das Ziel seiner Avancen, und es durchschoss sie der Gedanke: So macht er das mit allen, das ist seine Masche. Er gibt ihnen das Gefühl, besonders zu sein, die Erwählte. Hatte sie das nicht oft genug beobachtet? Und ergriff er nicht einfach dreist die Gelegenheit? Ronnie war nicht da. Es war allzu offensichtlich!

Dennoch glaubte sie, dass sie Jack besser einschätzen konnte als die anderen und dass dies auch ihre Gelegenheit war. Warum war sie denn – eine berechtigte, wenn auch unbehagliche Frage –, als Ronnie zu seiner Mutter fuhr, nicht mitgefahren, um ihm zur Seite zu stehen und ihn in dieser schweren Zeit zu unterstützen? Nimm dich in Acht, hatte sie womöglich gedacht, du bist vielleicht einfach die Flora des Abends. Aber wäre das so schlimm, wenn niemand es erfuhr? Vielleicht wäre das sogar besser (oder weniger schlimm) gewesen.

Andererseits ließ der Gedanke sie nicht los – und darin lagen der eigentliche Kick und das Wagnis –, dass sie vielleicht wirklich die Erwählte für Jack war. Wenn das, was er ihr erzählt hatte – dass er sich hinten in den Zuschauerraum setzte –, die Wahrheit war, dann war sie nicht das Eintagsmädchen, das er eben erst bemerkt hatte.

Und zum Glück, oder auch nicht zum Glück, *war* das die Wahrheit. Und zum Glück, oder auch nicht, lag sie richtig.

Und hatte es sich letztendlich, über fünfzig Jahre hinweg, nicht einzig als Glück erwiesen?

Sie blickt in den Spiegel und sieht sich so, wie sie damals war. Keine blutjunge, unbedarfte siebzehn mehr, sondern eine, an deren Finger ein Verlobungsring blinkte.

Ronnie hatte angerufen. Er hatte gesagt: »Ich bin zu spät gekommen, Evie. Sie war schon gestorben.«

Seltsamerweise klang seine Stimme wie die von jemandem, der ein Unrecht begangen hatte und jetzt auf seine Bestrafung wartete.

»Oh, Darling, das tut mir so leid. Mach dir keine Vorwürfe. Soll ich zu dir nach London kommen?«

Sie sagte die richtigen Worte, aber eigentlich hätte sie gleich mitfahren sollen. Dann wäre alles anders gekommen.

Er sagte, er komme zurecht. Er sagte, vielleicht müsse er noch ein, zwei Tage bleiben. Es gebe einiges zu regeln, ein paar Dinge zu erledigen.

Sie sagte: »Pass auf dich auf, Darling. Ich denke an dich.«

Und am selben Abend – nachdem Ronnie angerufen hatte, nachdem seine Mutter gestorben war, nachdem die Vorstellung, in der sie nicht aufgetreten war, zu Ende war – stieg sie mit Jack Robbins ins Bett. Sie dachte an ihre eigene Mutter, an den Sonnenhut und das Sommerkleid. Irgendwann müsste sie vielleicht etwas erklären. Stell dir vor, Mum.

Im Dunkeln hatten sie über Mütter gesprochen. Jeder hatte zwangsläufig eine. Es war das Thema des Tages. Wie seltsam, jetzt lag ihr Kopf auf Jacks Brust, und ihre Finger wanderten darüber.

Und als Ronnie zurück war, hatte er ihr ins Gesicht gesehen und Bescheid gewusst. Und sie hatte es gewusst. Fast schien es ihr, als hätte er ihr vor seiner Abreise ins Gesicht gesehen und in dem Augenblick schon, eigentlich unmöglich im Voraus, Bescheid gewusst. Sie hätte ja von Anfang an sagen können: »Ich komme mit.«

Er sah sie einfach an, und sie wusste, dass er es wusste. Er sagte nichts. Sie natürlich auch nicht. Aber das Wichtige war ja, dass sie über seine Mutter sprachen, richtig?

»Es tut mir so leid, Darling.«

Damit hätte sie das eine wie das andere meinen können.

Sie war mit Jack Robbins ins Bett gestiegen. Sie hatte gewusst, was sie tat. Sie hatte sogar gewusst, dass es früher oder später dazu kommen würde. Jack ging es genauso. So wie man einfach wusste, dass bestimmte Dinge im Leben passieren würden.

Es war Freitagabend, und sie hatte eine Menge über Jack erfahren und sogar ein bisschen über seine Mutter, obwohl sie die nie kennengelernt hatte. »Mütter, Evie, wer will die schon?« Seine Brust hob und senkte sich unter ihrer Wange. Als sie ihre Hand auf sein Steißbein gedrückt hatte, musste er den Ring gespürt haben. Das Wetter war umgeschlagen, aber das Gewitter blieb aus. Die ganze Nacht über ging immer wieder ein Flackern über den Himmel, gerade so, dass die Vorhänge einen Moment lang erleuchtet waren, und dumpfes Grollen war zu hören, das nicht näher kam und draußen über dem Meer blieb.

Eins sagte Ronnie doch nach seiner Rückkehr. Er sah sie an und wusste Bescheid, und wenn man bedachte, dass er Bescheid wusste, war das, was er sagte, ungefähr das, womit sie hätte rechnen müssen, trotzdem war es merkwürdig.

Er sagte: »Ich habe etwas gesehen, Evie.«

Sie wartete einen Augenblick, wappnete sich.

»Du hast etwas gesehen?«

»Ja, ich habe etwas gesehen. Vom Zug aus.«

Sie blickt in den Spiegel. War ihr Gesicht damals auch so durchscheinend gewesen? Kaum wie ein Gesicht im Spiegel, sondern wie eins aus Glas?

Sie konnte tanzen, sie konnte lächeln, aber singen konnte sie nicht, und sie hatte auch niemals schauspielern können. Oder doch? Ihr war verwehrt, was Jack – diesen Eindruck erweckte er zumindest – sein Leben lang so mühelos konnte wie aufrecht gehen, als wäre es ihm ein Leichtes, aus sich herauszutreten, ja, durch einen Spiegel zu treten.

Aber einmal, in einem seiner Interviews – und einem Moment überraschender Offenheit, in dem man denken mochte, er spielte *nicht* –, hatte Jack gesagt: »Schauspielern? Das machen wir doch alle, oder? Die ganze Zeit.«

Auf dem Bildschirm sah man ihm, sie konnte nicht umhin, das festzustellen, sein Alter an.

An diesem Morgen hatte sie etwas Seltsames getan. Wenn es jemand in den Nachbarhäusern am Albany Square gesehen hatte, musste er sich gewundert haben. Aber wer sollte es schon gesehen haben? Es war sehr früh gewesen. Was es bloß noch befremdlicher machte.

Beim Aufwachen hatte sie sofort gewusst, welcher Tag es war und was sie zu tun hatte. Gedanke und Tat waren eins. Sie war hellwach, aber sie hätte auch schlafwandeln können. Sie stand auf und zog sich den Bademantel an und, völlig verrückt, ein paar alte Sportschuhe aus der Zeit, als sie regelmäßig ins Sportstudio gegangen war. Sie band den Gurt des Bademantels fest zu und ging nach unten, durch die stille Küche in den Garten hinaus. Es war ein ruhiger, klarer Morgen, einer von denen, die einen wunderschönen Tag verheißen, aber es war erst kurz nach Tagesanbruch, und die aufgehende Sonne streckte ein paar blendend helle Strahlen in den Garten. Die Luft war frisch und kalt.

Sie musste etwas tun, das jemand, der sie beobachtete, gar nicht sehen könnte. Geschützt unter ihrem Bademantel wollte sie die Wärme des Bettes – des Bettes, in dem Jack vor einem Jahr gestorben war – zu dem Ort tragen, wo Jack, wenn er überhaupt irgendwo war, jetzt war. Sie musste sich beeilen, damit ihr die Wärme, die sie bei sich trug, nicht abhanden kam.

Aber ehe sie sichs versah oder es auch nur bemerkte, war sie an einem unglaublich dünnen, zwischen den Büschen gespannten Faden, der Aufhängung für ein vollständiges Spinnennetz, hängen geblieben. Als sie mit dem Körper den Faden berührte und der sich zunächst dehnte und dann riss, sah sie eine Sekunde lang aus dem Augenwinkel das feine, von silbrigem Tau benetzte Gespinst, für das der Faden gesponnen worden war, in seiner vibrierenden Vollkommenheit, ehe es in sich zusammenfiel und in der schattenhaften Luft verschwand. Sie schwang die Arme, um sich aus dem zerstörten Gewebe zu befreien. Erst da bemerkte sie, dass überall im Garten solche Fäden gespannt waren, glitzernd und in den frühen Sonnenstrahlen scheinbar schwebend.

Dies war die Jahreszeit dafür, in diesen Wochen sah man sie, und obwohl ein Spinnennetz eine vertraute Vorstellung war – wer hatte nicht irgendwann mal ein solches Gewebe auf Papier gekritzelt? –, war es in der direkten Begegnung doch etwas Bezauberndes. Wie nur entstand so etwas? Wie wurden sie ersonnen und gesponnen, diese berückenden, gefährlichen Dinger?

Sie war nicht darauf vorbereitet gewesen, den Garten auf diese Weise geschmückt zu sehen, als wäre es speziell für sie. Und was hatte sie getan? In Gedanken ganz woanders, war sie unmittelbar in eins dieser Wunder getappt und hatte es zerstört.

Einen kurzen Moment lang hatte sie an die silberne Tiara gedacht, die sie früher über ihrem Pony im blonden Haar festgesteckt hatte.

Anfang September. Vor genau fünfzig Jahren machte die Show Schluss. Ende der Saison: die Feriengäste reisten ab, das Licht auf den Wellen veränderte sich, die Wellen selbst, so wie sie am Strand nagten, schienen eine Vorahnung zu haben. Zeit, die Liegestühle zusammenzuklappen und wegzustellen.

September 1959: der Monat, in dem sie und Ronnie hätten heiraten sollen. Wir warten die Saison ab. Wir geben uns und unserer Nummer diese Zeit, eine Saison. Und war ihre Nummer, als es September wurde – und schon davor, Mitte

August –, nicht ein beachtlicher Erfolg? Alles schien ihnen offenzustehen.

Jack hatte noch etwas anderes gesagt, als die Ereignisse hereinbrachen und Ronnie bei seiner Mutter war, oder vielmehr, nicht richtig bei ihr. Er hatte gesagt: »Meinst du nicht, Evie, dass das Ganze hier, das mit dem Pier, der Show und dieser ganzen Trickkiste, an sein Ende gelangt ist? So was wollen die Leute demnächst nicht mehr. Die Zukunft liegt woanders, meinst du nicht auch?«

Nur der letzte Satz konnte als Teil einer Feststellung aufgefasst werden, die mit *ihnen* zu tun hatte. Das andere war aus Sicht des Geschäftsmannes gesprochen und dazu ein wenig traurig. Es klang gar nicht nach dem Flinken Jack, dem Mann im Theater am Ende des Piers, mit seinen Songs. Ihr kam es ganz so vor, als wäre sie mit mehr als einer Person – eher mit zwei oder drei Personen – gleichzeitig zusammen. Und was er wohl von ihr dachte?

Damals standen sie auf dem Pier, in dem kleinen, für Mitwirkende abgegrenzten Teil, nur sie beide. An derselben Stelle warf sie ein paar Wochen später den Ring ins Meer. Es war der Morgen danach. Der Morgen nach dem Abend, an dem er die erste Ankündigung von zweien gemacht hatte: »Unpässlich«. Der Morgen nach dem Abend, an dem sie nicht aufgetreten war – mit wem hätte sie auftreten sollen? Aber nach der Show waren sie zusammen gegangen, und das hatte sie von Anfang an gewusst.

Und wie hatte Ronnie geschlafen, der Arme, ganz allein?

Aber was Jack gesagt hatte, kam ihr nicht falsch vor, es kam ihr weitsichtig vor. In ihrem schlauen kleinen Herzen spürte sie, dass es die Wahrheit war. Das Wetter war umgeschlagen, aber die Gewitter waren vorübergezogen, und das Meer lag in dem Moment still und glitzernd unter ihnen. »Die ganze Trickkiste«, so hatte er das formuliert. Er hatte den Arm um sie gelegt, als wäre sie jetzt die Seine, und sie hatte ihn nicht gehindert.

In der Nacht damals, im Jahr 1959, war sie mit Jack Robinson ins Bett gestiegen, und in Wahrheit war sie dort bis zu diesem Tag vor einem Jahr geblieben. Und sogar an diesem Morgen hatte sie die Wärme desselben Bettes zu ihm bringen wollen. Das war ihr einziger Gedanke gewesen. Sie war in den Garten gegangen und dort in den Hinterhalt eines Netzes schimmernder seidiger Fäden geraten. Ihr eigener Atem hatte in der kalten Luft wie Silberstaub geschwirrt und gefunkelt.

Vor genau einem Jahr war sie aufgewacht – aus was für einem Traum, das wusste sie nicht mehr, auch wenn sie sich wünschte, für immer dorthin zurückkehren zu können – und hatte den Arm ausgestreckt. Jack war da, natürlich. Und er war nicht da. Etwas in ihren Fingerspitzen sagte ihr das. Er war da und er war weg. Sie wollte nicht an die Sekunden, an die Augenblicke denken, die darauf folgten, und doch musste sie jeden Morgen und jede Nacht dieses unschuldige, entsetzliche Erwachen wieder erleben.

Als würde nach einem Jahr die Erlösung kommen. Als wäre er diesmal doch da.

Nachdem sie seine Asche abgeholt hatte, war sie unschlüssig gewesen, sie wusste nicht recht. Jack, sonst stets hilfsbereit, hatte sich nicht dazu geäußert, auch keine schriftliche Verfügung hinterlassen. Anfangs wollte sie sich dem eher wehmütigen Gefühl hingeben, ihn nach Hause zu holen, zum Albany Square. Vielleicht sollte sie seine Asche in dem Behälter hier im Schlafzimmer aufbewahren. Unterm Bett. Oder besser, nicht unterm Bett. Vielleicht sollte sie mit der Asche ihres Mannes schlafen. Ein paar Nächte lang hatte sie das sogar getan. Was uns nicht alles einfällt!

An einem Morgen im Oktober, es war noch kein Jahr her, hatte sie das Einfachste, das Offensichtlichste getan – trotzdem musste sie sich bezwingen. Sie war in den Garten gegangen und hatte unter dem Holzapfelbaum gestanden, den Jack mit großem schauspielerischem Zeremoniell als jungen Baum gesetzt hatte, und dort die Asche verstreut. Sie selbst hatte auf jegliches Zeremoniell verzichtet. Es war nicht wie die endlose, unerträgliche Trauerfeier gewesen. Außer ihr war niemand da. Sie hatte den Behälter einfach ausgekippt. Es ging ganz leicht, so als würde sie Dünger verteilen. Und wenn die Asche schon verstreut werden musste, dann gleich hier. Im Garten natürlich.

Und dann, als es zu spät war und sie schon auf den Boden des Behälters geklopft hatte, um die letzten Körnchen auszuleeren, schoss ihr dieser Gedanke durch den Kopf: ins Meer, ins Meer. Vom Ende des Piers natürlich. War das Jack, der sich plötzlich so vorwitzig dazwischendrängte? Oder jemand anders?

Was hätte sie am heutigen Tag tun sollen? Sie hatte einen Fahrer, den sie jederzeit bitten konnte, Vijay, früher Jacks Fahrer, aber eigentlich der Fahrer der Firma. Sie hätte sagen können: »Vijay, können Sie mich bitte nach Brighton fahren?« Sie hätte im Fond sitzen können, in gefasstem Schweigen, und Vijay hätte verständnisvoll ebenfalls geschwiegen und wäre einfach gefahren. Bei der Ankunft in Brighton hätte sie sagen können: »Geben Sie mir eine halbe Stunde, Vijay, und holen Sie mich dann hier wieder ab.« Sie hätte eine Weile über den Pier schlendern können, wo es natürlich kein Theater mehr gab, aber das Geländer war noch da, und die Stelle auch. Erst der Ring, dann die Asche.

Sie hätte einen Moment am Geländer lehnen und in die Wellen blicken können, hätte sogar ein paar Worte flüstern können. Dann wäre sie zurückgegangen, wo Vijay wartete. »Danke, Vijay, bitte bringen Sie mich wieder nach Hause.«

Stattdessen hatte sie wie eine verrückte Alte im Garten gestanden, im Bademantel, und allem Anschein nach mit einem Baum gesprochen. Der Baum hatte auf sie heruntergesehen. Dann war sie, am ganzen Leib zitternd, wieder ins Haus gegangen, zurück ins Bett, und hatte wie ein gescholtenes Kind geweint.

Aber es war freundlich von George gewesen, dass er an das Datum gedacht hatte, er war ein aufmerksamer Mann. Und wie sonst hätte sie den Tag verbringen sollen? Also war sie nach einer Weile wieder aufgestanden, kein schluchzendes Kind mehr, sondern eine Frau von fünfundsiebzig Jahren, und hatte sich langsam für das Treffen mit George zurechtgemacht. Hatte sich geschminkt. Die helle Bluse, der enge schwarze Rock, das kurze schwarze Jackett, die Perlen. Ihre Handtasche. Sie war nach unten gegangen. Es war halb eins. Ihr war ein wenig schwindlig, sie fühlte sich ein bisschen konfus, neben der Spur.

Vijay kam, wie verabredet. Er sagte: »Guten Tag, Mrs Robbins.« Eigentlich war sie »Evie« oder »Evie White« oder »Mrs White«, aber sie hatte – in fast fünfzig Jahren – gelernt, die oft benutzte Anrede widerspruchslos zu akzeptieren. Und vielleicht war sie an dem Tag eher angemessen und Vijay hatte es (erinnerte er sich an das Datum?) auch so gemeint. Sie hatte gelächelt und den Namen des Restaurants bestätigt. Zwanzig Minuten später führte der Oberkellner sie zu dem gewohnten Tisch in der Ecke, und George, der schon da war, erhob sich, als er sie sah.

»Prinzessin, so entzückend wie eh und je.«

Sie konnte nicht schauspielern?

»Prinzessin« – mit fünfundsiebzig? Nur, weil Jack immer der

Prinz gewesen war oder weil sie (das sollte George lieber nicht vergessen) die Mehrheitsrechte an den Rainbow Productions besaß?

Aber dies war kein Geschäftsessen. Gepunktete Seide hatte in Georges Brusttasche genickt, als sie sich setzten. Champagner wurde unverzüglich in zwei Gläser gegossen. »Lass uns auf ihn anstoßen«, hatte George gesagt.

Zum Fisch auf der Tageskarte – hinterher erinnerte sie sich nicht mehr, welcher Fisch es war, aber auf jeden Fall hatte sie Fisch essen wollen – gab es mehrere Gläser weißen Burgunder. George hatte gekostet, die Lippen gespitzt und kopfnickend seine Zustimmung gegeben. »Schlank, aber geschmeidig«, hatte er gesagt.

Einen Augenblick lang hatte sie geglaubt, er meinte sie.

Es war kein Geschäftsessen, aber da war noch das ungeklärte Thema einer Biografie, von dem George nicht lassen wollte. Wenige Monate zuvor hatte sie gesagt: »Kommt überhaupt nicht infrage, George. Sag deinem Freund, dem Literaturagenten, er soll mich in Ruhe lassen.« Doch vielleicht, um erneut auf das Thema zu kommen, oder einfach weil es dieser besondere Tag war, nahm er den biografischen Faden auf.

»Erzähl mir doch, Evie – so viele Jahre kennen wir uns, und ich weiß es immer noch nicht. Wie habt ihr euch, Jack und du, wie kam es dazu …?«

Er wusste es nicht? Gespielte Unschuld. Und er war dreißig Jahre lang Jacks Agent gewesen? Die vielen Geschäftsessen. Hatte er da nicht die ganze Geschichte erfahren? Zumindest Jacks Version davon. Und jetzt sollte sie in eine Lage gebracht werden, in der sie möglicherweise etwas Abweichendes erzählte? Auch das kam überhaupt nicht infrage, George. Glaubte er etwa, dass jetzt, nachdem ein Jahr ihrer Witwenschaft pietätvoll verstrichen war, alles zur Disposition stand? Gleich würde er sagen: »Erzähl doch mal Evie, wie war das eigentlich mit dem Zauberertypen damals, was ist da wirklich passiert? Wie hieß er noch?«

Sie trank einen Schluck Wein. Sie war froh, dass sie schon getrauert und geweint hatte, doch notfalls würde sie sich noch einmal mit der Trauer rausreden. Die verrückte Alte im Garten und das schluchzende Kind hatten sich in eine Prinzessin verwandelt, die in einem Restaurant in Mayfair speiste, und um George angemessen für seine Freundlichkeit zu entlohnen, musste sie während dieses möglicherweise langen und anstrengenden Essens ihre Rolle spielen. Es wäre, in Anbetracht des Anlasses, kaum eine kurze Verabredung. Andererseits war ihr die Möglichkeit, die schrecklichen Stunden zu füllen, durchaus willkommen.

Sie hatte also nach bestem Vermögen geschauspielert. Und nach mehreren Gläsern Burgunder war sie sich nicht mehr sicher, was sie gesagt hatte und was nicht.

Im sanften Licht des Nachmittags war sie nach Hause gekommen. Vijay hatte tatsächlich kurz die Hand an die Stirn gelegt. »Ich wünsche Ihnen einen schönen Abend, Mrs Robbins.« Und das Haus hatte sie aufs Neue aufgenommen wie eine Gruft. Und doch gab es keinen Ort, trotz der verstummten Stimmen, keine Gruft, in der sie lieber sein wollte. Der Wein hatte seine Wirkung getan. Jetzt saß sie am Frisiertisch und überlegte, ob sie das Make-up entfernen sollte, und halb erwartete sie, Jack hinter sich zu sehen, wie er leicht die Hände auf ihre Schultern legte.

»Erschöpft, Schatz? Typisch, der gute George. Ich weiß, wie dir zumute ist. Ich an deiner Stelle würde mich eine Weile hinlegen.«

Aber es war nicht Jack, den sie sah. Es ging so schnell, dass sie nicht alle Einzelheiten erkennen konnte, aber er war es, in seinem Bühnenkostüm, so wie sie ihn zuletzt gesehen hatte. Diese Augen würde sie überall erkennen.

»The show must go on.« Aber wieso eigentlich? Wer sagt das? Wann darf man sagen, dass die Show vorbei ist und es ab jetzt keine mehr gibt? Außerdem war die Show immer nur eine spritzige Sommermischung am Ende des Piers gewesen, mehr nicht. Jack hatte gesagt, der Höhepunkt sei überschritten, und der Rest würde mit den Wellen unter ihnen fortgespült. Und er hatte den Arm um sie gelegt.

Ohnehin musste die Show im September enden. Aber schon im August, auf dem Höhepunkt der Saison, spürte man ihn, den Wendepunkt, die kürzer werdenden Abende, den Herbst am Horizont. In jeden Ferien gibt es einen Punkt, an dem man denkt: Nur noch so und so viele Tage, dann geht es zurück in den Alltag. Aber geht einen das etwas an, wenn man im Showbusiness ist? Ist das Leben dann nicht ein Dauerurlaub? Ist da oben auf der Bühne nicht einfach alles Schaum, ein Spiel, ein Traum? Zumindest glauben das die Menschen. In Interviews hatte Jack es oft damit abgetan, dass er sagte: »Einfach immer Ferien.« Als würde es nicht auch Arbeit bedeuten. Als könnte jeder auf die Bühne treten und was darstellen.

Aber über sein Leben auf der Bühne sagte er auch, zum Glück nicht in Interviews: »Scheiß auf die Welt da draußen. Wer braucht die schon?«

Evie war diejenige, so könnte man sagen, die sich entschlossen hatte, in der Welt da draußen zu leben, als sie der Bühne, auf der sie alle betört und verzaubert hatte, den Rücken kehrte und Jack Robbins' Frau wurde und mit der Zeit viel mehr als das. Was für ein Wagnis das gewesen war, und wie leicht es ein schreckliches Debakel hätte sein können. Aber nein – die Rechnung war aufgegangen. Wenn man sie jetzt sah! Dabei hätte sie eine eigene Bühnenkarriere haben können, sie hätte Ronnie Deane, der schon zum Großen Pablo geworden war, heiraten können.

Aber wer erinnerte sich jetzt noch an den Großen Pablo? Den Zauberertypen von damals. Was ist aus ihm geworden? Jack hingegen wurde nie der Große Jack, auch nicht Sir Jack. Aber das Leben ist ungerecht, und entweder kommt man dran oder man kommt nicht dran, und wenn die Show enden muss, bleibt immer noch die Theaterweisheit: Spar das Beste bis zum Schluss auf.

Ronnie hatte nichts gesagt. Er hatte Evie einfach in die Augen geblickt. Musste man dazu Zauberer sein? Und er sah, dass Evie sah, dass er es sah. Was blieb jetzt zu sagen oder zu tun? War es Zeit für ein Geständnis? Für Vorwürfe? Oder sollten sie einfach weitermachen und so tun, als wäre alles so wie immer? Erbarmungsloses oder barmherziges Tun als ob, welches von beiden?

Er war zu seiner Mutter gefahren, die da war und nicht da war. Die beiden trughaften Situationen, mit denen er so kurz hintereinander konfrontiert worden war, gaben ihm das Gefühl, die Welt hätte hier ihre eigentliche Falschheit enthüllt, fast so, als wären sie ein und dieselbe.

Er hätte den Spieß umdrehen können. Er hätte den Zauber entzaubern können. Er hätte Evie wahrhaftig mit den Schwertern durchbohren oder in zwei Hälften zersägen können. Oder er hätte jeden Auftritt mit solchen Gedanken in eine potenzielle Exekution verwandeln können. Evies Schrei – war er *echt*?

Natürlich nicht. Wie hätte er Evie das antun können? Ohnehin hatte er schon seit geraumer Zeit mit dem ganzen Zeug – den Schwertern und der Säge und den Kisten – aufhören wollen. Das war Spielzeug. Kinderkram. Keine echte Magie.

Im Übrigen war dies die Zeit – als alles schon auseinanderzubrechen begann –, da sie zu ihrem eigentlichen Höhenflug ansetzten und Ronnie Deane, auch Pablo genannt, mit dem Beiwort »Groß« geschmückt wurde. Alles im Verlauf weniger Sommerwochen.

Was hätte Eric Lawrence, der all dies unsichtbar, aber entschieden zuwege gebracht hatte, wohl darüber gedacht? Vielleicht hätte er gelächelt, ein wehmütiges Lächeln. Er selbst war nie als der Große Lorenzo bekannt geworden.

Und was hätte seine Mutter gedacht? Dumme Frage. »Du kommst zu deiner toten Mutter, und wenn du wieder gehst, nennst du dich der Große Pablo!«

Und Evie? Sie war immer noch »Eve«, einfach »Eve«. War das nicht eine Herabstufung, eine Strafe? Nein. Würde »Eve« nicht stets nach Unbeflecktheit klingen? Die Erste unter den Frauen. Und vor der Welt brauchte es keine Bestätigung, dass sie für ihn immer die große Eve, die wunderbare Eve sein würde. Und, wenn auch nur für kurze Zeit, *seine* Eve.

»Und jetzt, verehrtes Publikum, möchte ich euch meinen Freund vorstellen. Bisher habe ich ihn Pablo genannt, aber von jetzt an werde ich ihn den Großen Pablo nennen. Ihr habt mich gehört, und ich meine das auch so, und gleich werdet ihr verstehen, warum. Gebt dem Großen Pablo eine Runde Applaus! Und eine Runde Applaus auch – ich weiß, die Herren im Saal werden nur zu erfreut sein – für die einzigartige Assistentin des Großen Pablo, die reizende, die ergötzliche, die verzückliche *Eve!*«

Der Augenblick war fast gekommen. Stille breitete sich aus, knisternde Spannung. Das Publikum harrte erwartungsvoll: »Das müssen Sie mit eigenen Augen gesehen haben!« Alles andere war Vorgeplänkel. Dies war das berühmte Finale.

Wie oft, überlegt Evie jetzt, waren sie im letzten Monat aufgetreten? Nicht öfter als dreißig Mal. Aber es reichte, um zu einer Legende zu werden, einem Gesprächsthema, und auf den Plakaten zu stehen. Und jedes Mal war ihr Auftritt – das konnte sie schwören – noch erstaunlicher und (buchstäblich) noch leuchtender als das Mal davor.

Aber wie machte man das? Das würde sie nie verraten, niemals. Aus einem einfachen Grund. Sie war nur die Gehilfin, seine »Assistentin«. Sie tat, was er von ihr verlangte. Wie auch nicht? Was sonst? Sie hatte ihre Beine, die berühmten Beine, aber sie stand nicht mehr auf festem Grund.

Ronnie gab ein Zeichen, und die Beleuchtung wurde runtergefahren. Er war der Große Pablo, er konnte solche Befehle erteilen. Nur runtergefahren, und auch nur kurz. Illusionen, hatte er immer gesagt, sollten bei hellem, klarem Licht ausgeführt werden, sonst argwöhnten die Leute gleich, es seien – Tricks.

Der abgedunkelte Saal war lediglich ein Signal, er half, die Spannung zu erhöhen. Verhaltenes Flüstern hier und da. Im Orchestergraben begann der Schlagzeuger (er hieß Arthur Higgs) mit dem Besen ein leises Wispern. Ein Lispeln auf dem Becken. Dann fuhr die Beleuchtung wieder hoch. Die Zuschauer sahen nur, was sie sahen.

Aus der Seitenkulisse trat Ronnie mit dem kleinen runden Tisch und stellte ihn in die Mitte der Bühne, und sie brachte das Glas Wasser und stellte es – mit dem üblichen Knicks, einer Drehung und einem Rascheln der Federn – auf den Tisch. Dann trat sie – mit einer Pirouette – zur Seite. Ihre Rolle bestand jetzt darin, einfach zuzusehen, und die Zuschauer konnten Ronnie zusehen oder ihr, ganz wie sie wollten, aber bald würden sie weder ihm noch ihr zusehen, sondern etwas verfolgen, was, wenn man das richtige Wort benutzen wollte, über sie beide oder – auch das träfe zu – über sie alle hinausging.

Er nahm das Glas und trank einen Schluck, um zu zeigen: Es war einfach ein Glas Wasser, mehr nicht. Er stellte es auf den Tisch zurück. Aus der Brusttasche zog er nun ein großes weißes, glänzendes Taschentuch. Nichts Ungewöhnliches bis hierher. Er durchbohrt das Publikum mit seinen durchdringenden Augen. Das denkt ihr, das denkt ihr – nichts Ungewöhnliches? Dann drapierte er das Taschentuch um das Glas, und das Taschentuch fing an zu zucken und zu zerren. Das Glas hatte sich in eine weiße Taube verwandelt.

Auch das war nicht so ungewöhnlich (es sei denn, man versuchte es selbst).

Er nahm das Taschentuch hoch und setzte sich die Taube einen Moment lang auf die Finger, bevor er sie mit Schwung in den Zuschauersaal warf. Sie flatterte über die Köpfe des Publikums hinweg und war verschwunden. Sie war nicht mehr da. Wie das? Hatten sie die Taube wirklich gesehen?

Aber das war noch gar nichts.

Er nahm das weiße Taschentuch, hielt es mit beiden Händen an zwei Zipfeln hoch und führte es vor dem Tisch entlang (bei seinen fließenden Bewegungen hatte Evie immer an einen Toreador denken müssen), und das Wasserglas stand wieder auf dem Tisch. Er nahm es und trank, trank das Glas leer und stellte es wieder auf den Tisch.

Plötzlich schien sich sein Mund mit etwas zu füllen, das hinauswollte. Er zog etwas hervor. Etwas Weißes. Die weiße Taube? Das konnte nicht sein. Das weiße Taschentuch? Nein, das steckte wieder in seiner Brusttasche. Es war ein Stück weißes Seil, eine dünne Kordel, der Anfang davon. Er zog mehr hervor. Und noch mehr. Hier endete Evies Part als Zuschauerin, und sie kam – mit einem Knicks und einem Schwingen der Federn – auf ihn zu, nahm das Ende der Kordel und übernahm das Ziehen.

Vielmehr zog sie nicht, sondern ging rückwärts über die Bühne, mit einigen Hüftschwüngen, als wüsste sie etwas, das die Zuschauer nicht wussten – und die ganze Zeit hielt sie das Kordelende in der Hand, während immer mehr davon aus Ronnies Mund kam und Ronnie seinerseits an den Bühnenrand trat, um der weißen Zunge aus Kordel mehr Platz zu machen.

Früher hätte sie bei der Probe – obwohl »Probe« inzwischen nicht mehr das richtige Wort war – vielleicht zu ihm gesagt: »Meine Güte, Ronnie, wie passt nur so viel Kordel in deinen Mund?« Aber jetzt wagte sie es kaum mehr, solche dummen Fragen zu stellen.

Seltsamerweise war die Kordel nicht feucht oder schleimig, sondern weich und seidig und weiß, so weiß wie ihr eigener Name, Evie White. Noch ein halbes Jahrhundert später, jetzt an ihrem Frisiertisch, als sie die Perlenkette abnahm und durch die Finger gleiten ließ, konnte sie sich an die Beschaffenheit und das Gefühl der Kordel in ihrer Hand erinnern. Und seltsam war auch, dass es mit der Kordel so war wie mit vielem anderen in ihrer Nummer auch: Sie wusste nicht, wo diese Dinge bis dahin gewesen waren, wo sie verstaut waren. Plötzlich waren sie da. Wie die weiße Taube. Oder gab es mehrere Tauben? War es jeden Abend eine andere?

Aber die weiße Taube war noch gar nichts.

Ronnie, der den Mund voller Kordel hatte, wäre ohnehin nicht in der Lage gewesen, ihre Frage zu beantworten. Er gab ihr lediglich mit den Augen zu verstehen, dass sie weiterziehen solle, ziehen und dabei gehen. Das hatte er auch gesagt, bevor sie zu proben anfingen: »Du brauchst nur zu ziehen und von mir wegzugehen.« Ihr kam das nicht nur wie eine Anweisung vor, sondern wie eine seltsame Kapitulationserklärung, und wenn sie anfing zu ziehen und immer mehr Kordel aus seinem Mund hervorzog, hatte sie das eigentümliche und unbehagliche

Gefühl, als zöge sie sein Innerstes, seinen Lebensnerv, aus ihm heraus, und er ließ es zu.

Na gut, sie hatte ihm erlaubt, sie zu zersägen.

Du brauchst nur zu ziehen, Evie, und wegzugehen. Und jeden Abend zog und zog sie.

Im Orchestergraben hatte der Schlagzeuger, als die Kordel erschien, mit einem langsamen Crescendo angefangen, einem spannungsgeladenen Zischeln und Schnarren. Ronnie stand am Bühnenrand gegenüber, zwischen ihnen streckte sich die Kordel über die ganze Bühne, und erst dann nahm Ronnie das Ende (es gab also ein Ende) aus dem Mund und hielt es fest. Was dann kam, war merkwürdig. Sie hielten beide ihr Ende der Kordel fest und begannen, sie vor und zurückzuschwingen, dann im Kreis zu drehen, schneller und immer schneller, wie ein überlanges Springseil. Du brauchst nur zu ziehen und von mir wegzugehen. Und der Schlagzeuger rührte die Trommel, lauter und immer lauter. Und dann ...

Dann verschwand das Seil, es war plötzlich nicht mehr da, und zwischen ihnen erschien, wölbte sich, ein Regenbogen. Ein Regenbogen, anders konnte man es nicht nennen. Er überspannte die gesamte Bühne. Der Schlagzeuger verstummte, als wäre er selbst wie vor den Kopf geschlagen. Eine Stille, die man hören konnte, atemloses Staunen. Und dann kam aus der Tiefe der Bühne – wirklich? Ja, es war so – die weiße Taube, flog unter dem Regenbogen hindurch und setzte sich auf den Rand des Wasserglases und guckte etwas benommen, als würde sie gern etwas trinken. Dann ein lauter Trommelwirbel (Ronnie musste das mit Arthur abgesprochen haben, hatte ihm vielleicht ein, zwei Bier spendiert), und alles wurde schwarz. Kein Regenbogen. Ende der Vorstellung.

Natürlich gab es noch die Verneigungen, wenn das Licht wieder angeschaltet wurde – Ronnie stand still und neigte feierlich den Kopf, aber sie tänzelte und pirouettierte um ihn herum und warf die Arme in die Luft und ermunterte das Publikum zu mehr Applaus, als wäre er wirklich der Zauberer von Oz.

Vielleicht war er das ja.

Was für ein Applaus – sie hatten einen *Regenbogen* gesehen! –, und war jemals eine Laufbahn, ein Leben für die Zauberkunst auf solche Weise verkündet worden?

Die größte Attraktion. Und in den letzten zwei, drei Wochen hieß es auf den Plakaten tatsächlich: »Kommen Sie und sehen Sie den berühmten Regenbogen-Trick!« Ronnie ließ das Wort »Trick« durchgehen. Es war nun mal der gängige Ausdruck. Und hatte er daran etwas auszusetzen?

Aber sie, Evie White, durfte man nicht fragen. Obwohl sie es als Einzige, abgesehen von Ronnie, wissen musste. Selbst Jack hatte zu ihr gesagt: »Du musst es doch wissen. Ein Regenbogen quer über die Bühne, verdammt. Wie zum Teufel macht er das?« Aber sie hatte den Kopf geschüttelt und möglicherweise ein Gesicht gemacht, als fühlte sie sich in die Ecke getrieben und zu einem Verrat gezwungen. Verrat? Was heißt hier Verrat? Und vielleicht hatten sie beide ein bisschen verlegen, zerknirscht, beschämt ausgesehen. Ausgetrickst. Von einem Regenbogen überstrahlt.

Dabei war das noch gar nicht der beste Trick. Der sollte noch kommen.

»Erzähl doch mal, Evie …«, fing George an.

Jeder kann sagen, man wisse es nicht, kann Unwissenheit vorschützen oder nach fünfzig Jahren behaupten, man erinnere sich nicht mehr. George fragte sie auch nicht unbedingt aus. Und wenn, dann war er ein schlauer, feinfühliger Frager, der schon immer, zumindest vermutete sie das, eine Schwäche für sie hatte. Er goss Wein nach. »Alle deine Geheimnisse sind bei mir gut aufgehoben, das weißt du.« Und das sollte sie ihm abnehmen, Jacks »gerissenem« Agenten? »Wusste« sie es denn? Und »alle« Geheimnisse? Dieser Lunch erforderte einiges, das sah sie deutlich, an taktischer Finesse.

Wie alt war George? Achtundsechzig, neunundsechzig? Eine Schwäche für sie? Jetzt ist aber mal gut! Er versuchte einfach, sich einzuschmeicheln. Schlank, aber geschmeidig. Er dachte doch nicht etwa, bloß weil ihr Trauerjahr vorbei war ...

Sie fühlte sich zurückversetzt in die abgründige und verwirrende Zeit damals, als sie mit Ronnie zusammen war und auch wieder nicht und trotzdem Loyalität ihm gegenüber empfand. Und als sie mit Jack zusammen war und auch wieder nicht, aber mit ihm – obwohl sie das damals noch nicht wusste – die nächsten fünfzig Jahre zusammen sein würde. Wie konnte man diese Situation klären?

Sie *wurde* jedoch geklärt, für sie alle. Ronnie klärte sie.

Geheimnisse. Wir alle haben welche. Und sind sie je gut aufgehoben? Gut aufgehoben bei uns selbst?

»Das schillernde Leben des Jack Robbins«. Nein, nicht, wenn sie es verhindern konnte. Nur über meine Leiche, George. Andererseits – was gab es zu verbergen? Die Geschichte einer erfolgreichen Karriere und einer glücklichen Ehe – etwas Langweiligeres gab es nicht.

»Aber wie wär's denn«, hätte sie – in einem taktisch schlauen, wenn auch riskanten Ablenkungsmanöver – zu George sagen können, »mit ›Das schillernde Leben des Ronnie Deane‹?«

»Wer ist das, Evie?«

Du weißt schon – der »Zauberertyp« damals. Auch als der Große Pablo bekannt. Du weißt nichts davon? Hat Jack nie von ihm erzählt? Ihr Blick über dem Weinglas auf George gerichtet.

Oder auch, denkt sie jetzt, den Blick auf den Spiegel gerichtet, »Ronnie Deane, sein Leben und Tod«. Falls »Tod« das richtige Wort war. Hatte sie ihn nicht eben erst im Spiegel gesehen? Falls »Tod« überhaupt jemals das richtige Wort war. »Weg«, »abwesend«, »nicht da«, diese Begriffe waren, das wusste sie inzwischen, angemessener. Angemessener, aber auch schmerzlicher.

Oder wie wäre es – ihre Gedanken überschlugen sich, als wollte sie George vorschlagen, sie selbst könne das Buch schreiben und sich unverzüglich an die Arbeit setzen – mit »Ein Sommer in Brighton«? Nein, sie hatte einen besseren Titel. Einen geheimnisvollen Titel, aber besser. Der beste überhaupt. Wie heißt noch mal dein Freund, der mit der Literaturagentur, George? Der Literaturagententyp. Hätte er nicht gern einen Krimi? Mit dem Titel »Evergrene«.

Sie dachte an den unglaublichen Faden, quer durch den Garten gespannt, hauchdünn und fast nicht da, und doch hatte er ihr einen Moment lang widerstanden und ihren vorwärtsdrängenden Körper gehindert. Sie dachte an die weiße Kordel, quer über die Bühne gespannt.

Was hatte Ronnie Jack erzählt? Was immer es war, vor einem Jahr hatte Jack es mitgenommen. Jetzt war sie die einzige wahre Hüterin von Ronnie Deanes schillerndem Leben. Sie allein konnte die Geschichte erzählen. Oder für sich behalten.

Wie oft hatten sie und Jack über Ronnie gesprochen? Nicht oft. Ein beidseitig geachtetes Schweigen, ein schuldbewusstes, hilfloses, ehrendes Schweigen war eins der Bindemittel – eins der sogenannten Geheimnisse –, das ihre Ehe zusammenhielt. Und wie sollten sie schließlich wissen, ob er nicht noch da war? Sie hatte Jack nie erzählt, was sie mit dem Ring gemacht hatte. Aber natürlich war ihm aufgefallen, dass sie ihn plötzlich nicht mehr trug. Er hatte nicht gefragt. Er wird es erraten haben. Sie hatte Ronnie den Ring nicht zurückgegeben. Ronnie hatte auch nicht darum gebeten. Im Gegenteil, bei den letzten Auftritten – beim allerletzten – hatte sie ihn getragen, als wäre er ein lebenswichtiger Teil ihrer Nummer. Das letzte kleine Stück glänzender Magie.

Aber nachdem auch alles andere passiert war, hatte sie den Ring ins Meer geworfen. Was sonst? Unter Tränen hatte sie ihn hineingeworfen. Ende der Geschichte. Doch im selben Moment, als sie den Ring ins Wasser warf, war sie von der verrückten Idee besessen, einem Aberglauben, von dem sie einmal gelesen hatte, der verhieß, wenn man etwas Kostbares ins Meer warf, würde das Meer einem etwas zurückbringen.

In den Wind hatte sie seinen Namen gerufen, als wäre er tatsächlich da draußen irgendwo: »Ronnie.«

Jetzt sagt sie es in den Spiegel: »Ronnie.«

Und Jack hatte nie gewusst, es sei denn, er war in seinem eigenen Haus wie ein Einbrecher umhergegangen, dass sie das Kostüm mit den Pailletten und der Federboa aufgehoben hatte. Es wegzupacken und zu verstecken, war so schwierig nicht, nachdem sie es zerlegt und die Federn aus ihren Fassungen genommen hatte. Es nahm nicht viel Platz ein. Dazu die Tiara, die ebenfalls eine weiße Feder hatte. Und die langen weißen Handschuhe. All das hatte, zusammengefaltet und sorgfältig in Seidenpapier eingewickelt, an einer sicheren Stelle gelegen.

Jetzt lag das Päckchen in der untersten rechten Schublade ihres Frisiertisches, an dem sie saß. All die Jahre lang hatte Jack nicht gewusst (so vermutete sie wenigstens), dass sie das Kostüm aufbewahrte. Und das, obwohl er sich vor Jahren heimlich in den Zuschauersaal geschlichen hatte, um sie in dem Kostüm zu sehen.

Aber fünfzig Jahre waren vergangen, und auch sie hatte kaum einen Blick darauf geworfen. Warum hob sie es also auf, und warum hatte sie Jack nie gesagt, dass sie es aufhob? Warum bewahrte sie ein Geheimnis, das beinah ein Geheimnis vor ihr selbst war? Manchmal glaubte sie, sie würde entdecken, dass das Kostüm verschwunden war, wenn sie die Schublade aufzog.

Seit Jacks Tod hatte sie das Kostüm mehrmals hervorgeholt. Sie fand es tröstlich, sie brauchte das. Sie hatte es auf dem Bett ausgelegt und gebürstet, hatte die Straußenfedern glatt gestrichen und wieder angesteckt. Und hatte sie es ...? Je?

Das hieße, etwas zu verraten. Auf jeden Fall war es absurd.

Es war das Originalkostüm – sie hatte es nur für Ronnie im Belmont Theatre getragen. Als sie beide, dank Jacks Vermittlung, für die Saison in Brighton genommen wurden, ließ sie sich ein zweites anfertigen, ein fast identisches, damit sie über den Sommer immer eins bereit hatte. Das Original hatte sie all die Jahre aufgehoben, aber Jack nie davon erzählt. Und Jack hatte sie in beiden Kostümen gesehen – wie oft wohl?

Auch etwas anderes hatte sie Jack nie erzählt, und das hatte schwer auf ihr gelastet. Viel schwerer als ein kleines, aus Nichts und Federn gemachtes und in Seidenpapier gewickeltes Kostüm.

Es war Februar 1960. Sie hatten im Standesamt von Camden in London geheiratet. Die Sache in Brighton – die »Untersuchung« – war inzwischen eingestellt worden, aber würde sie jemals endgültig zu den Akten gelegt werden? Jederzeit konnte etwas Neues zutage treten.

Jedenfalls war sie jetzt Mrs Robbins, obwohl sie lieber schlicht und einfach als Evie White bekannt war. Und Jack war Jack Robbins, nicht mehr der Flinke Jack. Nie wieder würde er in diese Rolle schlüpfen. Wenn Ronnie aus ihrem Leben gegangen war, dann auch der Flinke Jack. Wo war er jetzt? Wer war er überhaupt? Wohin war er verschwunden?

Es könnte auch, denkt sie, noch ein anderes Buch geben,

eine recht pikante Geschichte. »Das schillernde Leben des Flinken Jack«. Am besten von Jack selbst erzählt – oder einer Reihe von Mädchen? Ein jedes mit einem eigenen kurzen Kapitel. Nein, besser nur ein Absatz. Und alle mit demselben Namen.

Es war 1960. Jack hatte recht gehabt, alles wurde von der Flut fortgewaschen, und wer wollte im Theater sehen, was er genauso gut in der Flimmerkiste im Wohnzimmer kriegen konnte? Und doch waren die Sechzigerjahre zunächst ein bisschen wie die Fünfziger. Was bot einem denn diese Flimmerkiste? »Sonntagabend im Palladium« – immer mit einem Conférencier, der zum Freund der Nation wurde, und immer mit einem Zauberer und einer Truppe hüpfender, Beine schwingender, lächelnder Mädchen – anscheinend ging das immer so weiter. Wo war also der Zug, den sie angeblich verpasst hatten?

»Hat Ronnie dir mal von einem Ort erzählt, der Evergrene heißt, Jack?«

So. Jetzt war es gesagt.

»Evergrene? Nein, Evie. Wo soll das sein?«

»Es ist ein Haus. Der Name von einem Haus. Ronnie war da im Krieg einquartiert.«

»Nein, ich habe ihn nie von Evergrene sprechen hören.«

»Mr und Mrs Lawrence? Eric und Penny? Ihnen gehörte das Haus.«

»Ah. Der Zauberer, dessen Lehrling er war, meinst du den? Der Magier? So hat er ihn genannt. Ernsthaft. Ich wusste nicht, dass er Eric hieß. Aber ich glaube, Ronnie war noch mit ihm in Verbindung. Ein paarmal hat er ihn sogar besucht.«

»Eric Lawrence ist vor fast zwei Jahren gestorben.«

»Ah. Das wusste ich nicht.«

»Aber manchmal frage ich mich.«

»Was fragst du dich?«

»Glaubst du, Ronnie ist dorthin gegangen? Glaubst du, er könnte dort sein?«
»Wo?«
»In Evergrene.«

Jack hatte das nie wieder aufgegriffen. Warum auch? Er hatte eigene Gründe, seinen alten Freund Ronnie Deane vergessen zu wollen. Und ob er noch lebte, wollte er auch nicht wissen. Es gab jetzt Jack und Evie. Er hatte ihr sogar einen seltsam forschenden Blick zugeworfen. Würde sie mit diesem Unsinn weitermachen?

Auch sie hatte Gründe, es nicht wieder aufzugreifen. Aber war ihre verrückte Theorie (Hoffnung?) wirklich so verrückt? Sie hatte Ronnie, als er zu seiner Mutter gefahren war, nicht begleitet. Inzwischen war wohlbekannt, wohin das geführt hatte. Aber angenommen, sie *hätte* ihn begleitet.

Wer weiß, vielleicht würde sie bis heute, wenn auch nicht am Albany Square, die Karriere des Großen Pablo in Ehren halten, aufbewahrt in einer sorgfältig polierten Vitrine. Und vielleicht hätte er inzwischen den lachhaften Namen abgelegt. So wie er sich zu einem späteren Zeitpunkt und auf ihren eigenen vernünftigen Vorschlag hin von Eve, seiner glitzernden Bühnenpartnerin, getrennt hätte. Nicht aber von seiner Partnerin fürs Leben und sogar Managerin fürs Leben. Er hätte seine eigene Zaubershow im Fernsehen haben können. Zumindest wäre es ihm möglich gewesen, Beachtliches zu bewerkstelligen und die Menschen in Erstaunen zu versetzen, er hätte die Tradition der Zauberkunst bewahren und sich für den Erhalt der Magie in der Welt einsetzen können.

Aber sie hatte ihn nicht begleitet, und alles war so ausgegangen, wie jetzt bekannt.

Und sie hätte nie, auch das ist jetzt bekannt, Ronnies andere, seine »zweite« Mutter, die sie vielleicht für Ronnie selbst war, kennenlernen können: Mrs Lawrence, Penny Lawrence.

Sie hätte hinfahren können. Sie hatte gezögert und gezaudert. Gab es da nicht sogar eine gewisse Verpflichtung? Und wenn ihre Intuition sich bewahrheitete? Sie sollte diese Frau besuchen, als Versuch der Wiedergutmachung für ihre eigenen Verfehlungen und Versäumnisse. Die Frau und Witwe des Mannes – des Magiers –, der Ronnie das Zaubern beigebracht und ihm (mittels einer wohl kaum zauberhaften Verfügung in seinem Testament) ermöglicht hatte, seine »Eve« zu finden.

Sie sollte den Geist dieses Mannes ehren. Und sie sollte Mrs Lawrence fragen – vielleicht würde sich das als unnötig erweisen –, wo Ronnie jetzt war.

Aber sie kam zu spät.

Bei den Papieren, in deren Besitz Ronnie nach Eric Lawrences Tod kam und die nach Ronnies Verschwinden zurückblieben, waren auch ein paar Anwaltsbriefe. Die Kanzlei in Oxford anzurufen und vorzugeben, eine entfernte Verwandte zu sein, war nicht weiter schwierig.

»Es tut mir leid, aber Mrs Lawrence lebt nicht mehr. Sie starb letztes Jahr. Ja, ganz richtig, es war nicht lange nach Mr Lawrences Tod.«

Und das Haus?

»Evergrene? Ja, natürlich. Es steht zum Verkauf. Der Bruder von Mrs Lawrence – er lebt in Kanada – hat das vor einiger Zeit in die Wege geleitet.«

Sie zögerte wieder. Kanada? War das der Punkt, wo sie aufgab? Aber eines Tages, als Jack von morgens bis abends Proben hatte, nutzte sie die Gelegenheit. Von Paddington Station ging ein Zug.

Der Immobilienmakler sagte, er könne sie zu dem Haus fahren, es sei nicht weit. Sie musste eine gute Stunde mit einem übereifrigen jungen Mann verbringen, der offensichtlich froh war, das Büro verlassen zu können und ihr das, was er ein »ziemlich vornehmes Haus« nannte, zu zeigen. Vielleicht fragte er sich, was sie gerade an diesem Haus interessierte, und nachdem er ihr Alter und ihr Vermögen abgeschätzt hatte, kamen ihm sicherlich Zweifel. Wie bitte, sie könne nicht schauspielern? Schließlich blinkte an ihrem Finger ein Ehering (was für ein nützliches kleines Objekt).

Auch jetzt blinkt er an ihrem faltigen Finger. Wie oft hatte sie ihn den Tag über berührt?

So vornehm, selbst ihrer ungeübten Einschätzung nach, war das Haus gar nicht. Das Ganze stellte eine seltsame und ziemlich traurige Enttäuschung dar. Warum war sie hergekommen? Um das Bild zu zerstören, das sie jetzt sowieso nicht länger bewahren konnte? Es war einfach ein Haus im edwardianischen Stil am Ende eines lang gezogenen Dorfes. Mit den vielen in der Nachkriegszeit entstandenen Neubauten war das Dorf praktisch zu einem Vorort von Oxford geworden. Die Fahrt dauerte nicht lange. Das Haus stand weder draußen auf dem Land noch für sich allein. Es war recht groß und hatte einen Vorgarten und einen Garten hinter dem Haus, wies aber keine besonderen Merkmale auf und war ziemlich heruntergekommen. Es schien kaum Ähnlichkeit mit dem prächtigen Anwesen voller Wunder zu haben, das Ronnie beschworen hatte, wenn sie ihn, meist mit Mühe, überredet hatte, davon zu erzählen.

Anscheinend war es nötig, zwanzig Jahre in der Zeit zurückzugehen und sich in den Kopf eines achtjährigen Jungen aus Bethnal Green zu versetzen. Aber wie sollte das gehen?

Es war März, der Winter ging zu Ende, und das Haus wirkte düster. Man konnte ohne Weiteres sagen, dass es jeder Magie entbehrte. Die Räume waren leer und schäbig, die Schritte hallten darin wider. Die Fußböden knarrten. Eine Besichtigung des matschigen und verwilderten Gartens wünschte sie nicht. Sie konnte ihn von den Fenstern im ersten Stock sehr gut sehen. Ein kleines Gewächshaus und ein Frühbeet, beide mit zerbrochenen Glasscheiben. Neben dem Haus stand eine windschiefe hölzerne Konstruktion, die man kaum als Garage bezeichnen konnte.

Während der Besichtigung musste sie dem drängenden jungen Mann gegenüber ihre Rolle spielen. In welchem Bereich arbeitete ihr Mann? Sie versuchte, was nicht leicht war, ihn loszuwerden, um sich ein paar Minuten ihren Gedanken hingeben zu können. Kein Haus hätte düsterer und leerer wirken können, aber sie fragte – notgedrungen nur im Kopf: »Ronnie? Bist du noch hier, Ronnie?«

Als sie dem jungen Mann den Rücken zukehrte und den Blick aus dem Fenster richtete, spürte sie einen Stich, und ihre Augen füllten sich mit Tränen. Evie White. Hatte sie ihren makellosen Namen je zu Recht getragen?

Aber sie konnte immerhin sagen, wenigstens vor sich selbst, dass sie da gewesen war. Sie hatte es getan. Was sonst blieb ihr zu tun? Und tatsächlich: In dem Kopfstein der gemauerten Umrandung am Eingang war neben dekorativen Motiven – Eichenblättern, Blumen, Schnörkeln – der Name zu lesen, der einst aus unbekanntem Grund und voller Zuversicht gewählt und dann präzise gemeißelt worden, mittlerweile aber fleckig und von grünem Moos überzogen war: EVERGRENE.

Sie hatte Jack nie erzählt, dass sie diese Fahrt gemacht hatte. Auch das ein Geheimnis des halben Jahrhunderts. Stand das Haus noch? Und wer lebte jetzt darin?

Albany Square Nummer achtzehn war noch da – gerade so, wie es ihr mit einem Mal schien. Und wer lebte da? Als sie in den Spiegel blickte, schien auch das plötzlich eine berechtigte Frage zu sein.

Nachdem Penny Lawrence den Becher Tee und das Glas Ingwerbier in den Garten gebracht hatte, machte sie sich rar. Inzwischen wusste sie, wann sie verschwinden, wann erscheinen sollte. Sie machte das genauso gut wie die Kaninchen – allerdings war ihr schleierhaft, wie die wussten, was sie zu tun hatten und wann sie sich zeigen mussten. Dass die Tiere gleich einen Auftritt hatten, schien ihr offensichtlich. Das sah sie an Erics Gesichtsausdruck.

Sie hatte die Getränke gebracht und dann, wie es ihre Gewohnheit war, aber vielleicht diesmal besonders munter, gesagt: »Da wären wir!«

Vor vielen Jahren, als Eric sie umwarb, hatte er sie an einem Sommerabend gefragt, ob sie ihn in den Kleingarten seines Vaters in Cowley begleiten würde. Sein Vater spielte an dem Abend Cricket. Eric hatte gesagt, vielleicht seien ein paar Stangenbohnen reif, die sie ihrer Mutter bringen könnte. Nicht unbedingt eine romantische Verabredung, aber zu dem Garten gehörte ein Schuppen, und sie dachte: »Na gut.« Aber Eric machte keinen Annäherungsversuch, sondern holte lediglich zwei Klappstühle von der Art, wie es sie in der Kirche gibt, aus dem Schuppen.

Es war ein schöner Abend, Schwalben flogen umher, und es mochte so scheinen, als säßen sie vor ihrem eigenen kleinen Haus. Sie war neunzehn. Es war das Jahr 1916. Sie beide hatten Glück, sie würden den Krieg unversehrt überstehen. Sein Vater, Manager der Morris-Automobilfabrik, hatte seinem Sohn eine Stelle im Büro besorgt, als die Firma anfing, Aufträge für das Militär zu übernehmen. Wahrscheinlich war das seine Rettung gewesen.

Eric Lawrence war also vorübergehend Buchhalter und kannte sich mit doppelter Buchführung und dem Preis von Handgranaten aus, aber er hatte gesagt, dass er nach dem Krieg etwas anderes machen wolle. Etwas ganz anderes.

Dann sagte er: »Dreh dich mal um, Penny.«

Also wirklich. Was bildete er sich ein?

Dann sagte er: »Jetzt dreh dich noch mal um.«

Später sagte er, der Schuppen sei sein »Zauberschuppen«. In mehrerlei Hinsicht. An dem Abend gewann sie den deutlichen Eindruck, dass Eric und sein Vater die Welt sehr unterschiedlich betrachteten. Aber wahrscheinlich hatte sein Vater ihm das Leben gerettet. Und darüber konnte man froh sein.

Und gleich würde er vor Ronnie denselben Trick aufführen. Sie spürte einen seltsamen Anflug von Eifersucht, vermischt mit einer heimlichen Erregung, und plötzlich durchflutete sie sogar ein Glücksgefühl. Die Zeit war reif. Ihr kleiner Ronnie (ihrer?) würde jetzt eingeweiht werden.

Trick? Kein Trick. Eric benutzte das Wort »Illusion«.

Wie kam er darauf? Andere junge Männer wollten mit ganz anderen Vorführungen beeindrucken und ließen sich etwas einfallen (manche von ihnen fuhren Auto – selbstverständlich fuhr Erics Vater einen Morris Bullnose), um bei jungen Damen Eindruck zu machen. Oder sie versuchten es auf gut Glück. Aber Eric hatte sie eines Abends in den Kleingarten seines Vaters eingeladen und ihr eine Tüte grüner Bohnen versprochen. Und das hatte funktioniert. Der Trick war gelungen.

Später war ihr der Gedanke gekommen, wenn er solche Dinge bewerkstelligen konnte, warum hatte er dann nicht einfach ihre Zustimmung herbeigezaubert? Wozu die Bohnen und die Kaninchen? Aber vielleicht hatte er das ja. Wie sollte sie wissen, dass ihr gesamtes Leben mit Eric nicht eine Art Hypnose war?

Und »ihr Ronnie«? Wieso hatte Eric nicht schon längst ein Zaubermittel gefunden, mit dem sie ihr Problem lösen konnte? Weniger ihrer beider Problem, sondern eher ihres allein. Aber jetzt, gut zwanzig Jahre später, und besser spät als nie, war Ronnie zu ihnen gekommen.

Eines Tages hatte Eric sich in Lorenzo verwandelt (was käme da noch auf sie zu?), aber jetzt trat Eric, oder Lorenzo, wegen des Krieges nur noch selten auf. Im Krieg gab es keinen Bedarf an Zauberern. Dabei sollte man denken, sie würden umso mehr gebraucht. Aber offensichtlich hatte Eric nicht ganz aufgehört. Zauberer hörten nicht einfach auf oder ließen sich pensionieren oder legten eine Pause ein. Zaubern war etwas fürs Leben. Und sie hatte vor langer Zeit begriffen, dass nichts eine Überraschung war. Rein gar nichts.

Er hatte sich als Luftschutzwart gemeldet, das war sein Beitrag. Auch ein Zauberer konnte Luftschutzwart sein. Inzwischen war die Rede davon (und es war kein dummes Gerede), dass die Deutschen Oxford trotz seiner Nähe zu der Munitionsfabrik in Cowley nicht angreifen würden.

Jeden zweiten Abend ging er nach Einbruch der Dunkelheit hinaus, mit Helm und Trillerpfeife – und seinem Zauberstab?

Manchmal dachte sie, sie würde gern ein Buch schreiben: »Ich habe einen Zauberer geheiratet.« Es könnte Leute interessieren, könnte ein paar Dinge erhellen. Aber natürlich würde sie so ein Buch niemals schreiben, denn dann müsste sie Dinge preisgeben, und das ging nicht. Es war verboten. Ihr Anteil daran, auch gerade jetzt, mit den Kaninchen und dem Frühbeet – von ihr würde niemand etwas erfahren. Eins würde sie aber vielleicht doch sagen – das war eine andere Art des Preisgebens –, nämlich, dass es bisweilen sehr anstrengend war. Wo blieb das normale Leben?

Aber es konnte auch sehr aufregend sein. Es konnte wunderbar sein.

Sie sah, wie Eric sprach. Sie sah, wie Ronnie seinen kleinen dunklen Kopf umwandte. Da sind wir! So ist das! Ihr Herz strömte über von Liebe – noch mehr als sonst. Sicher, er hatte eine Mutter, sie hieß Agnes, aber sie war nicht hier, sie sah das hier nicht.

Und was hieß hier »normales Leben«? Was war das überhaupt? Sie lebten mitten in einem Krieg, dem zweiten in ihrem Leben. Er tobte jetzt in diesem Moment, obwohl das kaum vorstellbar war, wenn sie das Bild vor sich betrachtete. Dabei war dieser junge Gast aus genau diesem Grund bei ihnen (ein Gedanke, bei dem sie nicht gern verweilte): weil Krieg war.

Sie hatte einen älteren Bruder, Roy, der in Kanada lebte und, wie er immer wieder betonte, zu Reichtum gekommen war und der außerdem zwei Söhne hatte, von denen der eine bald achtzehn wurde. Kanada war auch in diesem Krieg. Und der Vater des kleinen Ronnie war auf einem Schiff auf hoher See (auch daran dachte sie nicht gern) und brachte Versorgungsgüter – gut möglich, dass sie aus Kanada kamen – nach England.

Sie sei doch mit einem Zauberer verheiratet, hatte Roy manches Mal gespottet, da könne sie doch alles bekommen, was sie wolle. Etwa nicht? Sie musste doch nur etwas sagen. Aber nach einer schwierigen Fehlgeburt mit einundzwanzig konnte sie keine Kinder mehr bekommen, und keine Zauberkunst der Welt vermochte das zu ändern. Sollte sie trotzdem nicht eher froh sein, dass sie jetzt nicht zwei Söhne hatte, die demnächst achtzehn wurden?

Für manches gab es demnach keine Zauberkunst. Man konnte damit Kriege nicht beenden, und obwohl es egoistisch und sogar unzulässig war, so zu denken, war sie insgeheim froh darüber. Weiße Kaninchen aus dem Zylinder zaubern zu können, war fraglos etwas Besonderes, aber es war nichts verglichen mit dem kleinen Ronnie Deane, der so spät in ihr Leben gekommen war.

Sollten sie also ruhig weiterkämpfen, dachte sie insgeheim. Überhaupt, was für ein Krieg? Sie sah nichts davon. Ronnies Mutter hatte ihren Sohn an den besten Ort geschickt, auch wenn sie das nicht gewusst hatte und es einfach eine Frage von Glück gewesen war. Aber aus ihrer, Penny Lawrences, Sicht war er an den besten Ort gekommen.

Sie sah, wie er den Kopf wieder nach vorn drehte, und wusste, dass seine Augen groß und rund waren. Er hatte so schöne braune Augen, bei deren Anblick floss einem das Herz über.

Die Leute nannten ihn den »Regenbogentrick«, sogar den »berühmten Regenbogentrick«, und weiß der Himmel, wie man das bewerkstelligte. Dabei war es nicht einmal das größte Zauberkunststück. Das kam erst in der letzten Show der Saison, am 12. September, einem Samstag.

Bevor sie auf die Bühne gingen, hatte Ronnie gesagt: »Es ist unsere letzte Vorführung, Evie, lass uns noch einen draufsetzen.« Nie zuvor hatten seine Augen sie so intensiv angesehen, oder durch sie hindurchgesehen. Und so hatten sie es gemacht, sie hatten dem Seil ein paar zusätzliche Umdrehungen gegeben. Sie spürte, wie Ronnie am anderen Ende des Seils drängte: Mehr, mehr! Schneller, schneller! Und als der Regenbogen erschien – man hörte immer ein Luftholen im Saal, wenn er erschien –, hatte er noch heller geleuchtet als sonst, jede Farbe voll des intensiven Strahlens, und ein paar Augenblicke länger über die Bühne geschwebt. Was das anging, war es wie ein richtiger Regenbogen: Er erschien ganz plötzlich und war ebenso plötzlich verschwunden.

Aber an dem Abend damals, einzig und allein an diesem

Abend, gab es noch etwas anderes – etwas ganz Neues. Wenn es nicht alles ein Produkt der Fantasie war. Bloß, wie sollte es Einbildung sein, wenn alle sich gegenseitig bestätigten, sie hätten es gesehen?

Ronnie hatte sie nicht vorgewarnt. Er hatte nichts gesagt.

Diesmal war es keine weiße Taube, die unter dem Regenbogen durchflog und auf dem leeren Wasserglas landete. Es war etwas, das im ersten Moment aussah wie ein kreiselndes, aus dem Regenbogen herausgebrochenes Stück. Es hatte Federn in allen Farben, blau und rot und gelb, aber vor allem in einem leuchtenden Grün.

Es war ein Papagei.

Trommelwirbel, Dunkelheit. Wieder deutlich hörbares Luftholen. Sogar Aufschreie. Dann wurden die Lichter angeschaltet, und Pablo und Eve verneigten sich, ihre letzten Verneigungen. Donnernder Applaus, und sie beide blickten etwas benommen und verwundert ins Publikum, als seien sie selbst überwältigt. Und auf Ronnies erhobener Faust, auf seinen Fingerknöcheln saß, als Ronnie sich verneigte, der Papagei.

Sie hatten ihn also wirklich gesehen, den Papagei. So wie sie den Regenbogen wirklich gesehen hatten. Mit der anderen Hand hielt er Evies Hand, wie man das traditionell bei Verbeugungen tat, doch jetzt, während der Applaus rauschte, kam er näher an sie heran, hob ihr Handgelenk zu sich und küsste es. Oh, Ronnie konnte tanzen, ihre Nummer war ein einziger Tanz. Der Papagei – sie hatte ihn zuvor noch nie gesehen – saß immer noch auf seiner anderen Hand. Dann ließ Ronnie ihre Hand los, nahm den Papagei und warf ihn in den Saal wie einen Blumenstrauß, den die Zuschauer fangen sollten. Aber der Papagei war verschwunden. Weg.

Und Ronnie auch.

Wann war das passiert? Wie war das passiert? Sie hatten sich zum letzten Mal verneigt, aber Jacks Abschiedsnummer stand noch bevor. Wie konnte nach dem Regenbogen noch etwas kommen?

Es war die letzte Aufführung, unmöglich, dass sie ohne die Abschiedsnummer des Flinken Jack endete. Zuvor war die Rede davon gewesen, dass die ganze Truppe zu einer Verbeugung vor den Vorhang treten würde, weshalb sie die Kostüme anbehalten sollten, für den Fall. Und aus dem Grund war sie, als Jack auf die Bühne trat, in der Seitenkulisse geblieben. Im Vorbeigehen hatte er ihr ins Ohr geflüstert: »Herr im Himmel, Evie, ein verdammter Papagei!« Als sie sich umsah, war Ronnie verschwunden. Vermutlich in die Garderobe gegangen, um kurz durchzuatmen.

Aber nein, auch in der Garderobe wurde er nie wieder gesehen.

Sie sah Jack von den Kulissen aus zu und nahm an, dass Ronnie gleich wiederkommen würde. Auf der Bühne setzte Jack seiner letzten Nummer auch noch einen drauf. Er lud das Publikum zum Mitsingen ein. Selbst in den Kulissen stimmten sie mit ein (Doris Lanes Stimme übertönte schrill alle anderen).

Wake up, wake up, you sleepy head!
Wach auf, Langschläfer, wach auf!

Er legte sich mächtig ins Zeug.

Get up, get up, get out of bed!
Steh auf, raus aus dem Bett, steh auf!

Aber Ronnie war verschwunden. Er war weg.

Möglich, dass er erschöpft in der Garderobe saß und sich abschminkte. Auch er hatte sich mächtig ins Zeug gelegt. Und sich zum letzten Mal verneigt. Ja wirklich, was sollte danach noch kommen? Und er war der Große Pablo, nicht wahr?

Aber nein, er war nirgendwo zu finden.

Selbstverständlich haben alle nach ihm gesucht. Alle vom Theater haben gesucht, alle Menschen auf dem Pier. Dann suchte die Polizei in Brighton nach ihm. Und kurz darauf schien es, als wäre ganz Brighton an der Suche beteiligt. Suchmeldungen gingen nach London raus. Seine Wohnung wurde durchsucht, wie auch das Haus seiner verstorbenen Mutter. Evie musste in Brighton bleiben, aber Jack fuhr nach London und stellte seine eigenen tristen Nachforschungen an; er hatte eine Liste von Theatern dabei, auf der oben das Belmont stand.

Nichts. Ronnie Deane war nirgends gesehen worden und blieb verschwunden. Besonders rätselhaft war es, für manche wenigstens, dass seine Bühnenverkleidung – das Cape mit dem roten Futter, die weißen Handschuhe und dergleichen mehr – genauso wenig gefunden wurde wie seine Tasche mit den Accessoires. Es handelte sich um eine gewöhnliche lederne Tragetasche, die allerdings einen Zauberstab, eine Reihe von besonderen Taschentüchern und einen großen glänzenden Schlüssel enthielt. Und eine weiße Kordel?

Nichts davon wurde gefunden, die Tasche selbst auch nicht. Keine Tauben, kein Papagei.

Die Polizei wollte etwas über den Papagei wissen, und die Vernehmungen konzentrierten sich verständlicherweise auf Evie. Niemand von der Polizei war bei der Vorführung gewesen, und deshalb wurde alles, was vorgefallen war, in Zweifel gezogen. Ein Papagei? Ein *Regenbogen*? Schon von Berufs wegen waren die vernehmenden Polizisten geneigt, alles infrage zu stellen, was sie nicht mit eigenen Augen gesehen hatten. Andererseits mussten sie von dem ausgehen, was man ihnen erzählte.

Ein Papagei? War es nicht gewöhnlich eine Taube? Und wo hielt er die Vögel, den Papagei und die Tauben? Wo waren sie jetzt? Vielleicht lag es an dem Mangel an Beweisen, dass ihre Nachforschungen sich, gegen besseres Wissen, um das Wesen der Zauberkunst – oder vielmehr um die Offenlegung ihrer betrügerischen Methoden – zu drehen begannen. Die Zauberkunst war möglicherweise der Schuldige, nach dem sie fahndeten. Und Evie musste Fragen einer Art über sich ergehen lassen, die sie sich nur in den dunkelsten, entlegensten Winkeln ihres Denkens hätte ausmalen können.

War das jetzt ihre Strafe? Strafe oder Prüfung?

Wie hatte er das alles gemacht, fragten sie. Wie wurde das gemacht? Als sie sagte, sie wüsste es wirklich nicht, fiel nur ein umso größerer Verdacht auf sie. Wusste sie es nicht, oder versuchte sie etwas zu verbergen? Sie blickten auf den Ring an ihrem Finger. Sie durchleuchteten, so kam es ihr vor, ihre verborgensten Motive. Eine Weile zumindest schien die Polizei zu argwöhnen, man habe sie auf raffinierte Weise überlistet. Oder ausgetrickst.

Aber irgendwo hört ein Trick auf, einfach nur ein Trick zu sein. Für die Lokalpresse und sogar die nationale Presse war es ein gefundenes Fressen. »Zauberer verschwunden.« »Geheimnisvolles Verschwinden: Zauberer in Badeort zaubert sich weg.« Aber billiger Humor war fehl am Platz. Der Gedanke, so unvermeidlich wie unwillkommen und beklemmend: das Meer. Das Meer selbst. Der Pier? War er gesprungen?

Einmal, am Anfang der Saison, hatte Jack gewitzelt: »Wenn die Show absäuft, Freunde, springen wir einfach zusammen vom Pier. Vom Hackney Empire aus kann man das nicht.«

Die Suche ging weiter. Polizeiboote wurden ausgeschickt, auch Taucher. Am Meer, nicht nur in Brighton, gibt es diese Vorfälle, dass jemand, anscheinend grundlos, »ins Wasser geht«

und für immer verschwindet. Vielleicht ein Häufchen Kleidung auf den Strandkieseln. Aber ein Cape mit rotem Innenfutter und ähnliche Kleidungsstücke wären auf dem Strand von Brighton sofort aufgefallen. Und ein Mann, der in einem solchen Aufzug durch die Straßen ging, würde nicht weit kommen.

Er war verschwunden. Er wurde nie wieder gesehen. Privileg und letzte Zuflucht eines Zauberers?

»Und Ihnen fällt wirklich nichts ein, da sind Sie sich sicher, Miss White, kein Grund, warum …?«

Nein, ihr fiel nichts ein. Nein. Wusste sie nichts oder sagte sie nichts? Und zu Jack musste sie dasselbe sagen, wenn auch eher gequält: »Frag mich nicht, frag mich bitte nicht. Wie soll ich es wissen?«

Genau das hätte sie auch zu Ronnie sagen können, als er bei seiner toten Mutter gewesen war und wieder nach Brighton kam, und als er in ihre Augen geblickt hatte und sie genau wusste, was er dort gesehen hatte. »Frag mich nicht, Ronnie, frag mich bitte nicht.«

Er wurde nie gefunden, er blieb einfach verschwunden. Und das hieß, dass niemand es mit Sicherheit wusste. Und nie wissen würde. Er war wie sein eigener Vater, der lediglich als vermisst galt. Theoretisch also …

Nach einer Weile verlor die Polizei das Interesse an dem Fall. Keine Leiche, kein Verbrechen. Außerdem fehlten Indizien. Er war ein erwachsener Mann, kein verloren gegangenes Kind (davon gab es in Brighton jeden Sommer genug). Zu verschwinden verstieß nicht gegen das Gesetz.

Und es war nicht Aufgabe der Polizei, auch nicht auf dem Höhepunkt ihrer Nachforschungen, die gleichzeitige Abkühlung – eigentlich war es eher ein Stoß, eine Erschütterung – in der Beziehung zwischen der aufgewühlten Evie White, Ronnie

Deanes Assistentin und Verlobten, und Jack Robbins, dem Conférencier der Show, festzustellen.

Als Jack nach London fuhr, wollte er ihr damit auch, wie Evie nur zu gut verstand, eine reuevolle Trennung erleichtern. Sie sprachen am Telefon miteinander statt in Jacks Bett in seinem gemieteten Zimmer, wo vor Kurzem noch der Widerschein der Blitze über die Vorhänge geglitten war. Als er anrief, musste sie an Ronnies Anruf denken, seit dem kaum ein Monat vergangen war. Von der Polizei in ihren Bewegungen behindert, wenn auch nicht in Gewahrsam gehalten, blieb sie in ihrem Zimmer und dem Bett, das ihres und Ronnies gewesen war und jetzt ihres allein war. Das war eine grauenvolle Zeit. Und noch Jahrzehnte später war es eine entsetzliche Erinnerung.

Doch als die Polizei die Untersuchung einstellte und ihr erlaubte abzureisen, fand sie den Weg in Jacks Bett und war dankbar dafür. Zwei letzte Nächte in Brighton nach den zwei Wochen gegenseitiger Meidung, ein bisschen wie die altmodische Vereinbarung zwischen Verlobten, sich am Vorabend der Hochzeit nicht zu sehen.

Er wäre jetzt achtundsiebzig, Ronnie Deane. Der Große Pablo. Er konnte jederzeit ins Zimmer spazieren.

Aber dasselbe dachte sie auch, und so oft, dass sie es nicht mehr zählen konnte, von Jack. Es war eine der Versuchungen, der Foltern von Trauer. Gleich, im nächsten Moment ... Wie konnte man das ertragen, wie sollte man weiterleben ohne diese verlockende, rettende Illusion?

»Weißt du, Evie«, hatte George gesagt, »mir kommt es so vor, als könnte er jede Minute hier hereinspazieren und sich zu uns an den Tisch setzen.«

Tränen waren ihr in die Augen gesprungen. Er begriff sofort, dass er das nicht hätte sagen sollen. Er legte ihr sanft die

Hand aufs Handgelenk. Aus der Brusttasche zog er das seidene Taschentuch.

»Nein, George, ist schon gut. Das denke ich selbst ja auch. Die ganze Zeit.« Sie hatte tapfer gelächelt. »Manchmal glaube ich ihn zu hören, wie er sagt: ›Da habe ich euch schön an der Nase herumgeführt, was?‹«

Und manchmal, hätte sie zu George sagen können, glaubte sie wirklich, er sei ins Haus gekommen. Oder jemand anders. Sie hätte rufen können – vielleicht hatte sie es getan –, ganz natürlich und gar nicht beunruhigt, als wäre die Zeit einfach zurückgesprungen: »Bist du das, Jack?«

Und wenn Jack ins Haus kommen konnte, warum nicht Ronnie? Wäre das so ungewöhnlich, wenn man bedenkt, womit er sich sein Leben lang beschäftigt hatte?

»Hallo, Evie. Hat ein Weilchen gedauert. Da bin ich. Da sind wir.«

Sie ist sehr müde. Draußen geht der Abend zur Neige. Die Blätter an dem Holzapfelbaum verlieren ihre Farbe. Sie hat das Licht nicht eingeschaltet, und ihr eigenes Gesicht im Spiegel wirkt geisterhaft. Hatte sie *ihn* wirklich hinter sich gesehen? Vielleicht würde sie ein Nickerchen machen, nur ein kleines. Es war ein anstrengender Tag gewesen. Sie zieht sich Bluse und Rock aus und wirft die Sachen unordentlich auf den Stuhl. Sie gleitet unter die Bettdecke wie unter eine anrollende Welle. Sie schläft sofort ein, aber kurz davor – oder vielleicht ist es schon im Traum – streckt sie den Arm aus und spürt das vertraute Gewicht. Dann ist es ja gut, alles ist gut, er ist noch da.